～ほころぶ花の癒しのレシピ～

王《おう》弟《てい》殿《でん》下《か》の愛《あい》され薬《くす》師《し》
～ほころぶ花《はな》の癒《いや》しのレシピ～

夕《ゆ》映《え》月《つき》子《こ》
ILLUSTRATION：北沢《きたざわ》きょう

王弟殿下の愛され薬師
〜ほころぶ花の癒しのレシピ〜

LYNX ROMANCE

CONTENTS

王弟殿下の愛され薬師
～ほころぶ花の癒しのレシピ～

1

今年最初のカモミールが土から顔を出したその日、ナギはタンポポを採りに野に出ていた。

森の村コイドウィッグは、オルレウィンの北東にある小さな村だ。東には高くけわしい山脈をはるかに望み、その向こうは東国ドゥイライン。北は広く深い森に接し、やがて北国ゴグレッドに続いている。

春の野にはうららと陽光が降り注ぎ、あたり一面に咲き誇る黄色い花を明るく照らしていた。風は草木のみずみずしい匂いを含んで心地よく、雲雀《ひばり》が空高くさえずっている。心軽く、駆け出したくなるような午後だった。

「きみ、立派な根をもってそうだね。掘らしてもらっていいかな？」

タンポポに話しかけながら、ナギはスコップを土に差し入れた。やわらかく、甘く湿った匂いが立ちのぼる。いい土だ。水をたくわえ、植物の根をしっかりと抱き、生きものをはぐくむあたたかさがある。ほこほことした気分になりながら、根に沿って深くまで掘り下げていき、一株を大事に掘り出した。

タンポポはまるごとハーブとして利用できる。花びらは柑橘《かんきつ》類の果汁に漬け込んでワインに、やわらかな若葉はゆで卵と和《あ》えてサラダに、根は干して煎じるとコーヒーのような風味のお茶になる。つい無心に掘っていると、村のほうから少女が駆けてきた。

「ナギ！」

そばかすの散るかわいらしい顔立ちに、ヘーゼルの髪を三つ編みにし、白いエプロンをつけている。ナギの薬局を手伝ってくれている子だった。

「カモミーレ、どうしたの？」

スコップ片手に見上げたナギの顔を、目の前で止まった彼女は、「土付いてるよ」とエプロンの端でぬぐってくれた。

「ありがとう」

「いいんだけど。ナギって、せっかくきれいな顔してるのに、ほんと無頓着よね」

まるで母親が子供に接するような口調で言う。この春で十七歳。ナギより四歳年下だが、四人姉弟《きょうだい》の長姉なのでしっかり者だ。

彼女は「お客さんよ」と神殿のほうを指さした。

「いつもの。風の馬に乗った白い人」

彼女がそう呼ぶのは一人きりだ。髪も瞳も肌も神々しいほどに「白い」客。その男を、カモミーレをはじめとした村の人々は「白い人」と呼ぶ。

「ああ、グウィンさん、来たんだ」

ナギはかごにスコップを入れると、膝の土をはたいて立ち上がった。

「またいつもの頭痛かな？　それとも不眠？　何か聞いてる？」

「わかんない」と、カモミーレはばつが悪そうに視線をそらした。

「店に通して、すぐナギを迎えにきたの。あ、カモミールのお茶は出したわよ」

「そっか。ありがとう」

ナギは彼女の肩をポンポンと叩《たた》いた。

理由はよくわからないのだが、彼女だけでなく村の人々は皆、よそ者というだけではなく、「白い人」を苦手にしている。ナギの営む薬局はこのあたりでは評判の店だが、およそ一月《ひとつき》に一回、彼がやってきた日には、誰一人寄りつこうともしなくなるのだった。

「あの人、なんだか怖い感じがする」というのは、カモミーレの言葉だ。

「よくわからないけど、そばに寄るとひんやりするような、ぞっとするような、でもなんだか誘惑されているような感じがするの。言っとくけど、外見のことじゃないわよ」

そこまで言って、彼女はためらうように視線をさまよわせた。

「とにかく、カモミールの精がひどくおびえるの」

そう言われると、ナギは「そうなんだ」とうなずくしかない。

この世界の人々は、皆、何かしらの精霊に守護されている。カモミーレがカモミールの精に守られているように。人々は一般に精霊と直接言葉を交わすことはできないが、彼らの喜怒哀楽を常に感じ取りながら、その恩恵にあずかって生きている——らしい。

「らしい」というのは、ナギが守護精霊も、それらを感じる力ももたないからだ。それゆえ、村の人々が「白い人」をおそれる理由もわからない。わからないから、彼と普通に接することができているとも言える。ナギにとって「白い人」は、慢性的な頭痛と不眠と気鬱《きうつ》に悩む、気の毒な患者でしかない。そう言うと、カモミーレはいつも不満そうな、不安そうな顔をするのだが。

　神殿まで戻ってくると、裏庭のニワトコの木に、風の馬が一頭つながれているのが見えた。風の馬はその名のとおり風の精霊の化身だ。すばらしく足が速く、普通の馬の何倍もの速さで駆けることができる。風の精霊の守護を——それも、かなり強力な守護を受けた人間にしか呼び出せない貴重なものなのだが、くだんの「白い人」は、ナギの元をおとずれる際、いつもこの風の馬に乗ってくるのだった。

「ありがとう。今日はもう店は閉めるから、薬草畑の水やりだけお願いできるかな？　たぶん明日の朝も休むから、午後から来てくれると助かる」

　神殿の前でナギが言うと、カモミーレは「わかったわ」とうなずいた。薬局に向かうナギの腕を掴《つか》んで引き留める。心配そうに、ヘーゼルの瞳を揺らめかせた。

「くれぐれも気をつけてね。何かあったら、畑のカモミールに聞こえるように叫ぶのよ」

　本気で心配してくれているのはわかるけれど、ナギは、彼女の声が店の中まで聞こえていないかのほうが気になった。なだめるように微笑を浮かべる。

「大丈夫だよ。だけど、本当に何かあったらそうする」

「絶対よ？」

「わかったよ。じゃあ、また明日」

　店には寄らず、薬草畑のほうへ向かっていく彼女に手を振って、ナギは薬局の扉を開けた。

　ナギの薬局は、コイドウィッグ神殿の一角にある。前の薬師《くすし》が老齢で廃業してからずっと放置されていたのを整理して、無償で使わせてもらっているのだ。窓のない側の壁には造り付けの薬草棚が並び、その手前には、アロマキャンドルやハーブコーディアル、ハーブウォーターの瓶などを並べたカウンター。湯沸かし用の暖炉はもともと付いていたものだが、小さな流しはナギが仕事に必要だからと頼んで新たにしつらえてもらったものだった。

「白い人」――グウィンは窓辺の小さな丸テーブルの前に座り、カモミールティーを飲んでいた。一見旅人のような風体《ふうてい》だが、まず本物の放浪者ではないだろう。それは泥汚れひとつない革靴や、腰に佩《は》いた剣のこしらえ、何より彼自身からただよう気品から一目瞭然だった。村人たちのあいだでは、実はどこかの領主だの、いやいや王都の貴族の子弟ではないかだのと噂《うわさ》されているが、真相は謎だ。

「こんにちは、グウィンさん。お待たせしてすみません」

　ナギが明るくほほ笑みかけると、彼は静かな笑みで応えた。

「こちらこそ、呼びつけてしまってすまない」

低くよく響く声と、ゆったりと落ち着いた話しぶり。ナギより十二、三歳は年上に見えるが、正しいところはわからない。彼の月のように静謐《せいひつ》なたたずまいが、ナギはとても好きだった。

「一ヶ月ぶりだ。変わりはなかったか？」

たずねられ、ナギはふんわりとほほ笑んだ。

「ありましたよ。俺の部屋の屋根裏では、リスが赤ちゃんを生みました。裏の薬草畑では、今朝カモミールの芽が出たところです」

グウィンは「そうか」と、ほほ笑ましげに目を細めた。ナギがタンポポの入ったかごをカウンターに置くのを黙って見つめている。

そんなに見られると、ちょっと恥ずかしい。男のナギでもそう感じてしまうほど、彼は魅力的な男性だった。

ゆったりと波打ちながら顔をふちどる髪は、所々薄墨色の混じるシルバーブロンド。切れ長の瞳は、冬空に瞬《またた》く星のような青みがかったシルバーグレーだ。透きとおるほど白い肌はなめらかで気品に満ちている。その一方で、秀でた額からすっと通った高い鼻筋、薄い唇やすっきりとした顎のラインなどには刀で彫り出したような野性味もあり、ナギはいつも銀細工を思い浮かべるのだった。村人たちは、「白い人」と呼ぶけれど、白金《プラチナ》のようにきらきらしい派手さではない。長年大切に磨きながら使われてきた銀細工のような落ち着きと深い美しさのある人だ。

とくにその印象を強くしているのは、翳《かげ》りのある目元だった。頭痛と不眠と気鬱という持病を知っているからかもしれないが、彼のまなざしは常にどこか物憂《ものう》げに見える。だが、その翳りでさえも、銀細工の燻《いぶ》しのように、彼を引き立てる魅力になっているのだった。

　誰もが目を奪われるほどすてきな人なのに、なぜこれほど憂《うれ》わしげにしているのか。彼の目を見ると、ナギはいつも胸が騒いでたまらない気持ちになる。できることなら、彼の苦悩を取り払ってあげたい。彼に寄り添い、あたたかく、ほっとできる時間を差し出したい。そう思ってしまうのだ。

「それで、今日はどのような症状ですか？」

　外仕事用のエプロンから内仕事用のエプロンにつけ替えながらナギがたずねると、グウィンは「頭痛薬がなくなった」と、こめかみに白い指を当てた。そのままかなり強めに揉《も》み込んでいる。

「もしかして、今も痛みます？」

「ああ。目の奥が痛む。肩こりもひどい。首筋から後頭部まで痛むところが続いていて……頭痛は肩からきている気がする」

「ありえますね。睡眠は？　充分眠れていますか？」

「いや」

　若干ばつが悪そうな顔をするのは、ナギの元に通いだしたときからずっと、同じような症状を訴え続けている自覚があるからだろう。ナギのところへ来たときは、薬を飲み、リラックスして、いくぶんましな顔をして帰っていくのだが、しばらくすると、また同じ症状でやってくる。

　詳細は知らないが、彼が語った内容から察するに、激務と対人関係がネックになっているらしい。

周りからは再三休むよう言われているようなのだが、そうしたところで眠れないため、それがかえってプレッシャーになる。典型的なストレス型の不眠だ。彼を眠れなくしている悩みを解決しないことには根本的な改善は望めない。ナギも、そしておそらく彼自身もわかってはいるのだが、彼の心に関わることだ。どこまで踏み込んでいいのか、どこまで明かしていいのか、まだ互いに一歩深く踏み込むことを迷っている——そんな状況なのだった。

こういう人に、「寝なくてはだめだ」と言ったところで、かえって追い詰めるだけだ。暖炉にかかっている鍋の湯を確かめながら、ナギは明るく言った。

「よかったら、もう一杯お茶はいかがですか？」

「そうだな。もらおう」

「頭痛に効くけどおいしくないのと、リラックス効果中心だけどおいしいの、どっちにします？」

彼はおかしそうに目を細めた。

「おいしいほうにしてくれ」

「かしこまりました」

ナギも笑いながらうなずく。

それなら体があたたまるお茶がいい。ほっとできて、体と一緒に心までも休まるような……。考えながら、薬草棚から目当てのものを何種類か取り出した。

お茶を淹《い》れる作業の合間に、グウィンがたずねてきた。

「タンポポを採っていたのか？」

「そうです。朝から天気がよかったので、なんだか野原が呼んでいる気がして……」

――なんて、つい口走ってしまったが、二十一にもなった男が言うことではないだろうか。気恥ずかしさから言葉を途切れさせたナギを、グウィンは穏やかな目で見つめている。

「おまえによく似合っている。あたたかな日の光も、素朴で明るいタンポポの花も」

「そうですか？」

素直に受け取るには面はゆく、ナギは視線を手元に落とした。それでも、うれしさが口元ににじみ出る。頬《ほお》に当たる彼の視線が、いっそうやわらかくなった気がした。

「タンポポといえば、干した根を煎じて飲むのだったな」

「ええ。他にも、花は果汁に漬け込めばワインになりますし、葉っぱは生で食べられます」

「葉を食べる？」

「はい」

意外そうな声音に笑ってうなずく。コイドウィッグでは一般的な食材だが、彼は野の花を摘んで食べるような身分の人ではないらしい。

「今日も泊まっていかれますか？　今夜の夕食か、明日の朝食にお出しすることもできますよ」

ナギの提案に、彼は興味深そうにうなずいた。

「是非食べてみたい」

ということは、やはり今日も泊まっていくつもりのようだ。ナギは「わかりました」と、もう一度うなずいた。

大丈夫。部屋の空気は入れ換えてあるし、折良くリネンは洗いたて、枕にはラベンダーとバニラのハーブウォーターを振っておこう。

この風変わりな患者がナギの元を初めておとずれたのは、ちょうど一年前の春だった。ナギが扱う薬草の令聞《れいぶん》は人づてに村の外まで届いているらしく、最近はどこからか噂を聞きつけてやってくる人も増えている。彼もその一人だった。

わざわざ風の馬に乗るほど遠くから来てくれたにもかかわらず、村の人々はなぜか彼を敬遠した。理由はカモミーレと同じだ。「なんとなく怖い気がする」。普段はあたたかく、やさしい人が多いのだが、いかんせん田舎なので、一度心を閉ざしてしまうと、再び開いてもらうのはなかなか難しい。

気の毒なことに、彼には一晩を過ごす宿もなかった。見かねたナギが、住まいにしている薬局裏の小部屋へ案内し、以来、彼がこの店をおとずれるときにはナギの家で一晩を過ごしてもらうようになっている。ナギも気ままな一人暮らしだ。たまに泊まって、知らない世界のことを語ってくれる客の存在はうれしかった。それが、彼のようにすてきな人ならなおさらのこと。

ポットに入れたハーブティーと自分のカップも一緒に運び、ナギはグウィンの向かいに腰を下ろした。

「どうぞ。おなかからあたたまりますよ」

彼のカップにお茶をそそぐ。甘くさわやかな香りがふわっと立ちのぼった。口元へ運んだ彼が、ふとほほ笑む。

「オレンジの匂いがする」

「ええ。オレンジブロッサムとセントジョンズワート、カモミールとジンジャーをブレンドしています」

「セントジョンズワート」

――と、彼が呟《つぶや》いたのには理由がある。気鬱をやわらげる薬として、ナギが処方する薬草のひとつだからだ。オレンジに似たさわやかな香りの黄色い花で、気分をすっきりと明るくしてくれる効果がある。

「こうすると飲みやすくなるでしょう？　甘くするともっとおいしいですよ。お嫌いでなければ、はちみつも入れますか？」

「もらおう」

彼がうなずいたので、ナギは立ち上がり、カウンターからはちみつの小壺《つぼ》を取ってきた。

砂糖もはちみつも、甘いものは総じて贅沢《ぜいたく》品だ。だが、さいわいなことに、コイドウィッグには広大な森があり、ミツバチの守護精霊をもつ男が住んでいる。おかげで、この村の食卓にははちみつがよく上るのだった。

はちみつを垂らしたお茶を一口含み、グウィンはほうっと深い息をついた。彼の中に沈んでいた憂鬱が吐息にのってこぼれていく。彼の肩から力が抜けるのがわかり、ナギは思わずほほ笑んだ。

「グウィンさん、ちょっと手を貸してください」

「手？」

ふしぎそうにしながらも、彼はためらわず両手を差し出してくれた。そんな行動ひとつにも、彼が自分に寄せてくれる信頼が見てとれる。ナギは目元をやわらかくしながら、彼の両手を取った。

手のひらに厚みがあり、指が長く節が高い、男性的な手だ。装飾品はつけていない。手のひらの指の付け根の部分が硬くまめになっていて、日常的に何か棒状のものを――おそらく腰の長剣を握る動作を繰り返しているのがわかった。だが、荒れているのかといえばそうではない。爪の先まできれいに磨かれ、整えられている。たぶん誰かにやらせている。つまり、そういう身分の人なのだった。

それにしても、春の小川のように冷たい。ナギはあたためようとするように、その指先を両手でさすった。彼の手とは対照的に、ナギの手は生活のために荒れている。仕事柄、日常的に土や草木に触れるので、蜜蠟《みつろう》のクリームでケアしていても追いつかないのだ。気になるだろうかと一瞬不安がよぎったが、彼は何も言わなかった。

「冷え性ですよね」と、ナギはたずねた。グウィンは手元に視線を落としたまま、うなずき返す。

「風の馬に乗っているときなどはひどいものだ。冬場は手袋をしていても、かじかんで思うように動かなくなる。真夏以外はたいていこんな感じだな」

「体が冷えていると、緊張から肩こりはよりひどくなります。せめてお風呂などであたたまればいいんですけど……」

　ナギの言葉に、グウィンは少しおかしそうに目を細めた。

「冬にもよく言っていたな。風呂とはそんなにいいものなのか？」

　そう彼がたずねるのも無理はない。乾燥した気候のオルレウィンには、入浴の習慣がないのだ。富裕層はシャワーを使っていると聞くが、それも冬場はあまり浴びないものらしい。庶民は、せいぜいぬるま湯で濡《ぬ》らした布で体の汚れをぬぐう程度。ナギは以前の習慣から、できるだけ清潔を保つよう努めているが、残念ながら、この村に来てから風呂に入ったことはなかった。

「すごく気持ちいいんですよ。たっぷり湯を張った浴槽に、ラベンダーのオイルを垂らして浸《つ》かりたいです」

　陶然としたナギの口調に、グウィンが小さく苦笑をもらす。

「そうだ。ちょっとやってみましょうか」

　ナギが言うと、彼は「できるのか？」と目を丸くした。

「全身が浸かるような大きな湯船はありませんが、足だけなら。フットバスといって、足だけでも、保温やリラックスにはそれなりに効果があるんですよ。ちょっと待っていてくださいね」

　ナギは表の井戸から洗濯用の洗い桶《おけ》を持ってくると、グウィンの足元に置いた。そこへ熱湯と水をそそぎ、熱すぎないよう湯温を調節する。ビターオレンジの精油を垂らすと、さわやかな甘い香りが二人を包んだ。リラックスにならラベンダーが最適だが、まだ日の高い今は気持ちが明るくなるオレ

ンジが似合う。

「おまえの精油は、いつも極上の香りがする」

　心から感心したような声音に、にっこりした。

「ありがとうございます。靴と靴下を脱いでもらっていいですか？」

　言われたとおり素足になった足を「こちらへ」と桶に誘う。手と同様に色白で指が長く、男性的なたくましさと、すんなりとした美しさが同居する足だった。彼のように美しい人は、足の形まで美しいのかと感嘆する。

　そっと手で湯をすくってかけ、「熱くありませんか？」とたずねた。

「ああ、ちょうどいい」

　そう答えた彼の声には、ほんの少し戸惑いがある。

「どうかしましたか？」

「いや、とても気持ちいいが……おまえにそんなことまでさせるのはな」

　どうやらナギに足を洗わせていることに抵抗があるらしい。ナギはにっこりとほほ笑んだ。

「これも薬師の仕事です」

　言いながら、オレンジの香りをつけた石鹸《せっけん》の壺を取り出した。

「それは？」

　ナギの手製の石鹸はどろりとした灰色で、見た目はけしてよくはない。おまけに、オルレウィンでは、石鹸はほとんど使われない。一応商品として置いてはいるが、売れたことは一度もなく、ほぼほぼナギ自身のために作っているようなものだ。

　グウィンのけげんそうな表情に苦笑した。

「石鹸といって、体やものを清潔に洗うためのものです。いい匂いでしょう？」

石鹸の小壺を差し出すと、彼は顔を近づけて、「……確かに」と呟いた。

「使ってもよろしいですか？」

「ああ、もちろんだ」

「ありがとうございます」

石鹸を指先に取り、右足の足裏から足の甲、足首まで塗り広げた。乳化した石鹸で汚れを包み込むようなイメージで、足指のあいだや土踏まずをやんわりとマッサージする。左足も同様にし、湯の中に下ろした。

「しばらくこうしていてください。足をあたためているあいだに、手もマッサージしましょう」

　立ち上がり、ハンドマッサージに必要なものを取ってきた。湯であたためた手布《しゅきん》で、まず右手をあたためる。それから、オレンジの精油を混ぜたカメリアオイルをゆっくりと塗り広げた。

「本当にいい香りだ」

「そうですね。太陽の光に匂いがあったらこんな感じかなと、いつも思います」

長い指を一本ずつ、指先から手のひらへと少しずつ指圧する。滞った血を流すことで、新たな血が流れ込んでくるイメージだ。

　グウィンは黙ってナギに手を預けてくれている。沈黙が心地よかった。ナギは心をこめてゆっくりと両手の指にマッサージを施《ほどこ》した。

　グウィンとの静かな時間は、彼を癒すためであると同時に、ナギの心を満たしてくれる時間でもある。村人たちからは、それとなく、彼と距離を置くように忠告されているが、ナギはずっとあいまいに濁してきた。

　彼のような立派な男性――おそらく身分も地位もある人が、ナギにだけこんな姿を見せてくれる。冬の寒さに凍えた野生動物のような彼が、まるで巣穴で耐えるように、ナギの薬局でじっと静謐な時を過ごす。明日の朝にはまた彼の生きる場所へと戻っていくために。その短い秘密めいた時間は、ナギにとっても大切なものになっていた。

　だんだんと、彼の手指があたたまってきた。なめらかな皮膚の下をめぐる力強い血脈が見えるようだ。ナギは肉厚な手のひらを少し強く押し込みながら口を開いた。

「どなたか、マッサージをお願いできる人はいますか？」

「ああ」

「では、冷えがつらいときは、こうして手をマッサージしてもらってください。あとでオイルをお分けします」

「できれば、毎日おまえに頼みたい」

　彼の言葉に、ナギはあえて返事をしなかった。はっきり断るよりそのほうがいい。彼の希望に応えるつもりはないのに、望まれていることをひそかにうれしがっている自分を、微笑の下に押し込める。ストレス、肩こり、冷えなどに効く場所をいくつか押し、全体をやさしくさすって仕上げにした。オイルは流さず、手布でそっとぬぐう。

「こちらも。どうぞ、膝に乗せてください」

　再度彼の足元に座ると、冷めた湯から彼の足を片方ずつ引き上げる。こちらも湯冷めしないうちに、オレンジオイルでマッサージを施した。指圧で痛む場所から察するに、胃腸のはたらきもあまり芳《かんば》しくなさそうだ。

「お食事はおいしく食べられていますか？」

「……そこそこだな」

　答えに一瞬詰まる表情を見ても、消化を助ける薬を追加したほうがよさそうだった。

　それでも、血が通えば、青みがかって透きとおるようだった肌に暖色が差す。

「だいぶあたたまりましたね」

「ああ、とても気持ちいい……」

　魂から澱《おり》を吐き出すように、深く、ゆったりとした声音でグウィンは言った。

「よかったです」

　うれしくて、つい彼を見上げる。目が合った。

「ナギ」

美しい星の瞳が熱誠をたたえ、ひたとナギを見つめている。まるでその中に閉じ込めてしまいたいとでもいうように。

ナギは魅入られたようにその瞳を見上げていたが、はっと我にかえって視線を落とした。彼がそっとナギの頬に触れる。

「おまえは、いつもわたしの目をまっすぐに見る」

深い感慨のこもった声だ。どこか感嘆するような。いっそ愛《いと》おしそうにすら聞こえたが、その内容にナギはあわてた。なにしろ上流階級の礼儀作法にはまったく通じていないので。

「すみません、無作法でしたらお詫《わ》びします」

もうしません、と、言いかけた唇をふわりと指で押さえられた。彼は静かに首を横に振った。

「どうか、そのままでいてほしい。おまえの、その美しい夜空のような瞳を、わたしがいつでも見られるように」

「……グウィンさん……」

ドキドキと走り出した鼓動を静めようとするように、服の上から押さえた。彼があまりにも魅力的な容姿をしているせいか、つい惑わされそうになってしまう。

つながった視線を断ち切るように立ち上がると、手を取って引き留められた。

「ナギ。どうかわたしと一緒に都に来てくれないか」

今度ははっきりと口に出された要請に、ナギは一瞬言葉に詰まった。

「……都って、クフォイスですか？」

「富める都」クフォイス。オルレウィンの首都だ。コイドウィッグからだと、風の馬を使っても一昼夜、普通の馬なら四日、人の足なら八日かかる。今まで彼の元へ来てほしいと誘われたことはあったが、具体的な地名を聞いたのはこれが初めてだった。

グウィンは「そうだ」とうなずいた。右手をそっと両手で包まれる。

「おまえといると、体と共に心までほどけていく気がする。このすばらしい体験を、どうかわたしの周りの者たちにも与えてやってほしい」

「そんな、俺なんて……」と困惑し、ナギは彼を見下ろした。

「ごめんなさい、とても無理です」

「そんなことはない。わたしが来てほしいと言っている」

「できません」

やんわりとナギは首を横に振った。

「都ならきっと俺などよりすばらしい薬師も大勢いるでしょう。それに、俺はこの村の人たちに返しきれないほどの恩があるんです」

半ば自分に言い聞かせるように言って、ナギは視線を落とした。何もかも見透かしてしまいそうな星の瞳から、本当の気持ちを――心の奥底に隠している望みを隠すように。

＊

　ナギの本名は星《ほし》野《の》和《なぎ》という。オルレウィンでは、姓をもつのは代々受け継ぐ領地と資産がある家の者のみ——つまり、貴族以上にかぎられるから、この世界に来てから「星野」の名を名乗ったことはないけれど。

　ナギがこの世界にやってきたのは四年前だ。元は精霊などいない——少なくとも科学的には存在を確認されていない世界の日本という国に住む、ごく普通の高校生だった。

　ナギの母は英国人のハーバリストで、自宅でハーブの調合をしながら小さな店を営んでいた。

　忘れもしない、高校三年の春。ナギは母の店を手伝っていて、ふと、客の忘れものに気付いた。木の節を生かした一本木の杖《つえ》。ファンタジー映画の魔法使いのおじいさんが持っていそうなやつだ。今店を出ていったばかりの客のものだとすぐにわかった。それこそファンタジー映画に出てきそうな外国人のおじいさん。杖がなかったら困るんじゃないだろうか。

「母さん、これ今のお客さんの。返してくるよ」

　杖を摑み、閉まりかけたドアを押す。背後で、母が焦ったように「和！」と制止するのが聞こえたけれど、走り出した勢いは止められず店から飛び出してしまった——それが元の世界の最後の思い出になるとも知らずに。

　飛び出した先は、見たこともない西洋風の村だった。舗装されていない道の両側に、はちみつ色の石造りの家が並ぶ。生まれて十七年暮らしてきた自宅のドアから出たはずなのに、目の前に広がっているのはまったく見覚えのない町並みだった。

「えっ……ええっ!?」

　わけがわからず、背後で閉まったドアを振り返る。自宅の影はどこにもなく、そこにもやはりはちみつ色の家があるだけだった。

　あわててそのドアを開くと、まったく知らない老夫婦とはちあわせた。二人は目を丸くしてナギを見ている。顔立ちは、母方の祖父母――つまり、英国人によく似ていた。

　白い犬を抱いたご婦人のほうが、おそるおそるといったようすでたずねた。

「どちらさま……？」

「えっと……」

　混乱した。間違いなく、今飛び出してきたドアを開けたはずなのに、自宅ではない。母の姿もどこにもない。言葉がわかるのだけが救いだが、外国語をしゃべっているつもりもないのに通じることに混乱する気持ちのほうが大きかった。

「あの、ここどこですか……？」

　おっかなびっくりナギが聞くと、夫婦は顔を見合わせた。グレイヘアを品良くまとめたおばあさんが答えてくれる。

「コイドウィッグという村だけど……」

　コイドウィッグ。聞いたことのない地名だ。イギリスには母について何度も帰省しているし、フランスやドイツもおとずれたことはあるけれど、地方の村の名前までは知らなかった。

「すみません、どこの国ですか？」

「どこって、オルレウィンさ。西の国だ」

「……」

　やはり聞いたことのない国名だ。じわじわと焦りが湧いてくる。ヨーロッパではないのだろうか？

町並みも、家の中の調度品も、そういえば、夫婦が身につけている服装までも、やけに時代がかっているように――そうでなければ、まるでゲームかテーマパークの服装のように見える。今時、こんな暮らしをしている国があっただろうか？

　言葉を失い、立ち尽くしていると、ナギをじっと見つめていたおじいさんが、何か思いついたようにたずねた。

「おまえさん、どこから来なさった？」

「え？　ああ……、日本っていう国です」

「ニホン？」

「聞いたことがないな」

「ここが国境の町というわけでは……」と、たずねかけ、ナギは口を閉じた。

ここが国境かどうかなど関係なかった。日本の隣に「オルレウィン」などという国は存在しない。第一、ナギは国境を越えた覚えもない。自宅のドアから出たらこの家の玄関だった。それだけだ。

もしかしたら、もう一度外に出たら家かもしれない。ふいにそんな気持ちが湧いてきて、ナギは「すみません、お邪魔しました」と頭を下げた。ドアを開ける。だが、そこにあるのは、やはりはちみつ色の町並みだった。美しいが、ナギにとっては見知らぬ異郷だ。一縷《いちる》の望みをかけて、もう一度背後のドアを開けてみたが、困惑顔のご夫婦と向き合うことになった。

「……すみません」

どうしたらいいんだろう。ここがどこかも、どうやって帰ればいいのかもわからない。

途方にくれていると、おじいさんが口を開いた。

「おまえさん、ひょっとして、『迷い込み』の方かね？」

「迷い込み……？」

聞いたことのない言葉に首をかしげる。

「もしかして、どこか、全然別の場所から突然ここに来てしまったんじゃないかね？」

「そうです……！」

思わず大きくうなずいた。「迷い込み」。ナギは聞いたこともないが、きちんと名の付いた現象なら戻る方法があるのではないかと希望がもてた。

「嘘《うそ》みたいな話なんですけど、日本の自宅からお客様を追いかけて表に出たら、こちらの玄関先に出てしまって……。すみません、どうやったら戻れるか、ご存じでしたら教えてください」

おじいさんもおばあさんも、目を丸くしてナギの話を聞いていたが、再び顔を見合わせると、おじいさんのほうが口を開いた。

「残念だが、戻る方法はないと聞いている」

「え……」

呆然《ぼうぜん》ともらしたナギに、二人は気の毒そうな表情になった。

「いや、もしかしたらあるのかもしれん。だが、わしも、『迷い込み』のことは話に聞いたことがあるだけだ。突然異世界から人や物がやってくることが、ごくごくたまにあるんだと、わしのじいさんから……実際に会うのは初めてでな」

――つまり、それほどめずらしい事例だということだ。

茫然《ぼうぜん》自失で立ち尽くすナギを見つめ、おじいさんは、おばあさんの肩に回していた手を下ろした。

あたたかな声で言う。

「まあ、まずは何か飲んで落ち着きなさい」

――それが、この世界での、最初の思い出となった。


何十年ぶりか、もしかしたら何百年ぶりかの「迷い込み」であるナギは、老夫妻の元でお茶をごちそうになってから、村の役場へ連れていかれた。そこで一通り事情を聞かれたあとは、孤児の扱いで、村の神殿預かりの身となった。オルレウィンの成人年齢は二十歳。十七歳のナギはまだ子供だった。

　不幸中の幸いだったのは、オルレウィンが豊かな国であることだ。大陸の西端に位置し、大陸内部の東の国土には穀倉地帯が、また西海に二本の大河が流れ込む広大な扇状地には肥沃な土壌が広がっている。沿岸には大きな港がいくつもあり、中でも首都クフォイスは、はるか西にある大陸との貿易で富み栄えていた。人呼んで「富める都」。華やかなる西の文化の中心地だ。

　現国王は、アリアン・ブレニン・オルレウィンといった。金の精霊の守護をもつ「金の王」で、王がおわすクフォイスはもちろんのこと、彼が治める国土はすべて豊かにうるおっているという。その恩恵は、王都からはるか遠く北東の端にある森の村コイドウィッグにまで、あまねく行き渡るほどだった。おかげで、この小さな田舎の村でさえも、異世界からやってきた、身寄りも生活の糧ももたない少年を飢えさせずにすむ余裕があった。

　それでも、ナギは帰りたかった。元の世界に残してきた父や母や友人たちを思うとさみしさと罪悪感で胸が痛んだし、何日も離れている勉強や受験のことも気にかかった。もしかして元の世界につながっているんじゃないかと思い、そこらじゅうのドアを開けてみた。けれども、日数がたつにしたがって、もうあちらには戻れないのだということを受け入れざるをえなくなった。コイドウィッグの神官長ウェニスが、わざわざクフォイスの大神殿まで使いをやり、「迷い込み」について調べてくれたのだが、先例として知られている彼らが元の世界へ戻ったという記録はついに見つからなかったのだ。

あちらに戻ることを諦めるならば、こちらで生きるすべを探さなくてはならない。ナギは神殿の一角に間借りさせてもらい、母から教わったハーブの知識を元に、薬草を調合して村の人たちに売ることにした。守護精霊も、精霊を視《み》る力ももたないナギだが、その代わりにと丹精こめたおかげか、ナギの薬草畑はどこよりもよく繁《しげ》り、野山に分け入ればふしぎとよい薬草が手に入った。薬師の仕事が生業《なりわい》として軌道に乗ったのは、今からおよそ三年前。今では近隣の村々でもっとも評判のいい薬局になった。

だが、ナギはいつも「即効性があるわけではありません」と断って薬草を処方している。ナギが扱うハーブの大半はじっくりと体質や症状を改善していくものであり、西洋医学の医薬品のように劇的で直接的な効能はほとんど望めない。本来ハーバリストの資格ももたない自分が、「薬師」だの「薬局」だのを標榜《ひょうぼう》するのは気が引けた。だから、いつも「症状が改善しないときは、かならず他の薬師さんに相談してくださいね」と言い添えている。だが、そもそも医学の知識や薬がほとんどないこの国では、そういった謙虚さすら、ナギへの信頼を高めるほうへはたらくらしい。

母から教わった知識のおかげで生きていくには困らないが、ほんの少しうしろめたい。そんな現状なのだった。

*

グウィンは、返しきれないほどの恩がある、というナギの言葉にしばし沈黙していたが、やがて「ならば」と口を開いた。

「もし、この村の人々から受けた恩に充分報いることができたら、わたしと一緒に来てくれるのか？」

夜空の星を閉じ込めたようなシルバーグレーの瞳が、真摯《しんし》にこちらを見つめている。熱情のこもる瞳は、いつまでも覗《のぞ》き込んでいたいほど美しい。けれども胸は甘く締めつけられ、息苦しくも感じた。そんな自分を見透かされそうで、さらに落ち着かなくなってしまう。

ナギは視線をさまよわせた。

「でも、俺には薬師として働く以外に、皆さんに恩返しをする方法なんてないですから……」

「仮に、もしあったら、だ」

「……それは……」

仮定の話をしてもしかたがないのだけれど、もしそうなら――。

星の瞳に惑わされてうなずきかけ、すんでのところでナギは首を横に振った。

「やっぱり無理です。薬草畑を放っては行けません」

グウィンの表情が苦笑に変わった。

「それほど、わたしと一緒に来るのはいやか？」

「いやだなんて、そんな……」

とっさに否定してしまい、続く言葉をあわてて呑《の》み込む。ナギが手ずからあたためたグウィンの手指は、今や熱いほどに感じられた。

「グウィンさん」

「なんだ？」

「あの……手、離してください」

「おまえの返事を聞いてからにしよう」

「……今日はどうなさったんですか」

いつもなら、ナギが断れば、残念そうにではあるけれども、ちゃんと聞き分けてくれるのだ。

戸惑いが伝わったのだろう。グウィンは自嘲の笑みを浮かべた。

「すまない。困らせているのはわかっているし、困らせたくもないのだが……クフォイスへ戻っても、どうしてもおまえのそばの心地よさが忘れられない。つい、おまえに会いたい、おまえがそばにいてくれたらどれほど心が楽だろうと思ってしまう」

「グウィンさん……」

「心やさしい、わたしの薬師。おまえの存在こそがわたしを癒す」

瞳の奥に、星がいのちを燃やすような熱が揺らめく。魅入られそうになり、ナギは彼から目をそらした。

実のところ、グウィンの誘いを本気で迷惑に思っているかといえば、けっしてそんなことはないのだ。いつもけわしい顔つきでやってくる彼が——ともすれば近寄りがたくさえ見える人が、自分の手で癒されて、ほっとした表情を見せてくれる。こわばっていた表情が、静かな時間の中で次第にほどけ、穏やかな笑みを見せてくれる。薬を必要としているだけでなく、一人の人間としてそばにいてほしいと求められている、くすぐったくも泣きたくなるような喜びと充足感。薬師としては、彼の症状をよくしてあげたいと本心から願っているけれど、彼がこの村に姿を見せてくれること、そばにいてほしいと望まれることを、心の奥底では喜んでもいる。

　この世界に、この村に、充分すぎるほどやさしく、あたたかく受け入れてもらっている。その恩に報いたいという気持ちは本物だ。

　でも、この世界にたった一人迷い込んだナギは、どうしても孤独だった。みんなとは違い、守護してくれる精霊もいない。その存在を感じ取る力もない。みんなが当たり前にもっている後ろ盾を、自分だけがもっていない。その孤独。当たり前のことが当たり前にできないと、価値観だって違ってくる。四年たって元の世界に戻りたいという気持ちはだいぶ薄らいできたけれど、それでも、さみしいときはある。

　そんなナギの気持ちに、グウィンの孤独は強く響いた。彼に寄り添ってあげたい、望むようにしてあげたいと、ずいぶん前から——もしかしたら、初めて会ったときから思っていた。

（あなたと寄り添って暮らせたら、きっと、あなただけでなく俺もあたたかい）

　けれども、そのために一歩踏み出すことを、ナギはまだおそれている。

　森の村での穏やかな暮らし。一月に一度おとずれてくれるすてきな人。この平穏な日々を飛び出してまで、彼を深く知ることに尻込みしてしまう。彼のそばに行ったなら、きっと、ここでのように穏やかではいられない。なんとなくそれがわかるから、決定的な一歩を踏み出せないでいる。

春の陽光はゆるゆると傾いて、あたたかな黄色い光を窓から二人に投げかけている。

わずかに力が抜けた彼の手から、そっと手指を引き抜いた。指先が寒いような心持ちになり、ナギは視線を落とした。

「部屋で休まれますか？　それとも散歩でもなさいますか？　今ならそちらの小道の奥に、タンポポがたくさん咲いています」

ナギの言葉に、彼は窓に視線を投げ、「少し外を歩いてこよう」と立ち上がった。

2

だが、ナギの静かな日々は、ある日突然終わりを迎えることとなった。

五月も半ばを過ぎたその日、ナギは午前中から畑に出て、ローズマリーの枝を刈った。ローズマリーはツンと強い香りが特徴のハーブだ。生命力旺盛で、放っておくとすぐに繁りすぎて風通しが悪くなり、内側から枯れ込んでしまう。夏前のこの時期に、思い切った剪定《せんてい》をする必要があった。

「まあまあ、すっきりといい香り！」

店に入ってきたご婦人が、感激したように言った。ナギがこの世界にやってきたとき、最初に出会った老夫婦の夫人のほうだ。

「いらっしゃいませ、キューラさん」

ナギの声に、彼女はにこにことうなずいた。

「こんにちは。いつもの、腰痛のお薬をいただきたいのだけど……」

「わかりました」

「こちらへどうぞ」

カモミーレに窓辺のテーブルへと案内され、彼女はカウンターに山と積まれたローズマリーとナギを見た。

「いい香りねぇ。これはそのローズマリーの匂い？」

「ええ、肉料理によく使いますけど、靴の消臭にもいいんですよ。よかったら、おひとつどうぞ」

カウンターから出て、できあがったばかりのリースを差し出す。枝を二本まとめてくるりと輪に巻き、麻のリボンで結んだだけの簡素なものだ。だが、キューラはうれしそうににっこりした。

「ありがとう。頭のもやが取れていくような、すがすがしい香りね」

「そうですね。集中力や記憶力を高め、気持ちを若返らせると言われています」

「そうでしょうとも」

「お薬もすぐにご用意しますね」

彼女は茶目っ気たっぷりにほほ笑んだ。

「急がなくていいのよ。どうせ時間はたっぷりあるんだから」

うなずきながら、薬草棚からカモミールとエルダーフラワー、他にもいくつかの薬草を取り出す。あたためたポットにはタンポポの根の粉末を入れ、沸かしておいた湯をそそいだ。しばらく置き、濃い茶色になったところでカップにつぎ分け、山羊《やぎ》のミルクを入れる。カモミーレがキューラの元に運んでくれた。

「どうぞ。タンポポコーヒーです」

「コーヒー？　初めて聞くわね」

カフェオレ色の水面をしげしげと覗き込む彼女に、薬を調合しながら説明した。

「俺が前住んでいたところに、そういう名前の飲みものがあったんです。これはタンポポの根を干して煎じたお茶なんですけど、コーヒーによく似た色と味なので、俺はそう呼んでいます」

「そう。ニホンだったかしら？　ナギの故郷の味なのね」

「苦いので山羊のミルクを入れてあります。お好みではちみつを垂らしてください」

「ありがとう」

一口飲んだ彼女は、「まあ、ほんとに苦いこと！」と、皺《しわ》の奥の目を丸くした。

「苦手な味なら残してくださいね」

「いえいえ。これがナギの思い出の味なんでしょう。いただくわ」

ゆっくりとタンポポコーヒーを口に運びながら、彼女は「そういえば」と世間話を始めた。

「近頃、偉い人たちが、国中から腕のいい薬師を集めているそうねぇ」

「あ、それ、わたしも聞きました」と、カモミーレが応じる。

「でも、誰がどんな病気なのかはわからないんでしょ？」

ナギは「ええ？」と声を上げた。

「どんな病気かもわからないのに治療するの？　無理だろう」

「噂では、具合が悪いのは相当身分の高い人らしいわよ。だから詳しいことは厳重に伏せられているんだって。もちろん、呼ばれていった薬師様たちには知らされるんだろうけど」

キューラがナギを見て、心配そうに言った。

「ナギも連れていかれたりしないかしら？」

「え、俺？　まさか」と、ナギは笑った。

「こんな田舎の村の新米薬師にお呼びがかかるわけがないですよ。都にはもっといい薬師がいくらでもいるはずです」

だが、キューラは「そうかしら……」とまだ心配そうだ。カモミーレも彼女に同調した。

「ナギの薬、最近遠くまで評判が届いているみたいですもんね。ほら、あの白い人なんて、わざわざ風の馬に乗ってまで来てるじゃない。しかも、一ヶ月に一度の常連さん」

「まあ、そうだけど……」

でも、この薬局の常連になるということは、逆に言えば、ナギの薬では彼の症状が完治していないということでもある。

ナギは調合した薬を紙に包みながら続けた。

「俺の薬は、症状を一時的にやわらげたり、体質をじっくり改善したりするためのものだから。即効性のある治療を求められても困るよ」

「ナギはいつもそう言うけど、この国の医療や薬なんてだいたいそんなものよ。そうじゃなければ、病の精霊を祓《はら》うおまじないをして終わり。ナギがいた世界にあったっていう『医学』なんて、ここにはないんだから」

　カモミーレが肩をすくめ、キューラもうなずいた。

「それに、あなたのお薬は本当によく効くのよ。他のどんなお薬より腰が楽になるの。精霊の守護もないのに、本当にふしぎだけれど」

「それ、ナギがやたらと精霊に好かれるのと関係あるんじゃないでしょうか。今だって、カモミールの精はナギの周りではしゃいでる気配がします」

「え、そうなの？」

　思わず視線をめぐらせてみたが、当然のことながら、ナギには何も見えない。

　そのとき、前触れもなくドアが開いた。勢い余って内壁に当たり、バタンと大きな音を立てる。

「ナギ！」

「わっ。何よ、びっくりした」

　カモミーレが無作法な訪問者を睨《にら》んだ。

　飛び込んできたのは、小さなタトゥスだった。村の広場で居酒屋兼宿屋を営んでいる夫婦の息子だ。

「いらっしゃい、タトゥス。どうしたんだい？」

　ナギがたずねると、彼は肩で息をしながら、ナギを見上げた。

「あの……っ、あのね、あの人……あの、白い人が……」

「グウィンさん？　が、どうかした？」

タトゥスは、まだ整いきらない呼吸を無理やり抑えるように胸元を押さえ、叫んだ。

「迎えにきたんだ、ナギのこと！」

「え」と、思わず薬を包む手を止めた。

「お供の人をいっぱい連れて、馬車も連れて……ナギをクフォイスに連れていくって……！」

「ええ？」

「クフォイス⁉」

カモミーレとキューラが悲鳴のような声をあげ、ナギとタトゥスのあいだで視線を往復させている。

「そんな……なんてこと」

「噂をすればっていうやつかしら」

「いえ、まさか……」

信じられない気持ちで呟いた。まさか、グウィンがそんな強引なことをするはずはない。確かに来てほしいと望まれてはいたけれど、あれは個人的な話だったはずだ。それに、ナギは毎回きちんと断ってきた。彼もわかってくれていたと思う。

だが、タトゥスは「ほんとだよ！」と地団駄を踏みそうなようすで言い張った。

「もうすぐここに来るんだから！　オレ、父ちゃんに、早くナギに知らせてやれって言われて全速力で走ってきたんだ！」

「わかったよ、タトゥス。ありがとう」

今ひとつ要領を得ない部分もあるが、自分の身に何事かが起ころうとしているのは間違いないようだ。ナギはカウンターを出て、キューラに薬袋を差し出した。

「キューラさん。とりあえずこちら、いつものお薬です」

「え？　ああ、ありがとう」

彼女が薬袋を受け取り、銀貨を支払ったときだった。表に人の集まる気配があり、ドアがノックされた。ゆっくりと三回。「はい」と答える。

ドアを開けたのは、コイドウィッグ神殿の神官長ウェニスだった。

「ナギ。出ていらっしゃい。お客様ですよ」

「……はい」

ナギはエプロンで両手を拭いた。心配そうなカモミーレやキューラ、タトゥスを安心させるようにほほ笑みかけ、表へ出る。

「――」

息をのんだ。

ナギの薬局の前、二メートルほどのあいだを空けて、馬に乗った一団が粛然と並んでいた。

堂々と立派な馬のたてがみが、初夏の風になびいている。馬はこの世界では一般的な移動手段のひとつだが、ここまで美しく整えられている馬はなかなか見ない。それが五頭。その後ろには三頭立ての馬車と荷馬車がしたがい、歩兵がずらりと続いている。見たことのない紋章の描かれた旗がひるがえる。こんな辺境の村ではまず目にすることがない、壮観ながらも異様な光景だった。

先頭の見事な青毛の馬に乗っている人物を見上げ、ナギは思わず喉を鳴らした。グウィンだ。だが彼は、いつもナギの薬局を一人でたずねてくるときの、気軽な旅人の身なりではなかった。

豪奢《ごうしゃ》な銀糸の縫い取りが施された黒衣に、黒革の胴あて。漆黒のマントの裾が五月の風にひるがえる。きらめくシルバーブロンドに白皙《はくせき》の美貌、シルバーグレーの瞳の彼とは対照的な黒づくめの衣装だ。ナギがイメージする中では、ファンタジー映画の騎士の格好によく似ていた。優美でありながらも重厚な装いは、彼自身のもつ品格やいかめしい表情とあいまって、近寄りがたいような風格を醸し出している。

村人たちが遠巻きに固唾をのんで見守る中、彼は馬の背から下りると、ナギの前まで歩いてきた。いつも透きとおるように白い顔は、今は青白いほどだった。目元に差す翳りが濃い。彼の健康状態が気になるが、そちらにばかり気を取られていられる状況ではなかった。

心臓が痛いほど激しく鼓動している。不安のためか、緊張か、それとも何かの予感なのか――そのすべてだったかもしれない。

何かをためらうような一拍ののち、彼は重々しく口を開いた。低く、朗々と響く声が宣言する。

「グウィン・ブレインダル・オイルである」

その名乗りに、場は騒然とした。

「ブレインダル・オイル……!?」

「オイル公!?」

「王弟殿下だ！」

「殿下がなぜこんなところに……!?」

悲鳴じみた歓声のあいだで、誰かが「『白い死』だ……」と呟く声が風に混じる。

（王弟殿下……!?）

思いもかけない彼の身分に、ナギもまた目を見開いた。

オルレウィン語で、「ブレインダル」は王族を意味する。「オイル」はこのコイドウィッグを含む北方を治める公爵家の名だ。彼はまぎれもない、オルレウィン王家に連なる人なのだった。

前々から高貴な身分の人なのだろうと感じてはいた。だが、まさかそこまでとは想像もしない。

遠巻きだった村人たちの輪が、さらに一歩後方へ下がった。我にかえった者から次々と腰を落とし、男は片膝を、女は両膝をついて両手の甲を地面に付け、頭《こうべ》を垂れる。オルレウィン式の最敬礼だ。ナギもあわててそれにならった。

グウィンの視線は、ひたりとナギに当てられている。

「王命により迎えにきた。ナギ、わたしと共にクフォイスへ来て、王宮付の薬師として尽くすように」

再度、村人たちがどよめいた。

（王命）

その言葉の重さにおののきつつ、ナギはおそるおそる顔を上げた。

「……おたずねしてもよろしいでしょうか」

「許す」

「それは、王宮で働かせていただくということですか？」

「そうだ」と、彼は重々しくうなずいた。

「さる御方が、薬師のおまえを必要としている」

「……でも……」

それはコイドウィッグでも同じことだ。

この小さな森の村に医師はいない。薬師もナギ一人きりだ。だから、突然異界から飛び込んできた新米でも、村人たちはナギを歓迎し、頼りにしてくれていた。今、自分がいなくなってしまったら、この村の人々には誰が薬を売るというのか。

「おまえは『迷い込み』の者だと聞いた」

ナギに向けてというよりは、観衆に聞かせるための張りのある声で、グウィンは言った。

「はい」とうなずく。

「今日までおまえを保護し、養ってきたこの村には、褒美を贈り、新たな薬師を手配する。おまえが大切にしてきた薬草畑も、その薬師が引き継いでくれる手はずになっている」

今まで何度も彼の誘いを断ってきた、その理由を先に潰され、ナギはただただ呆然とグウィンを見上げた。

「どうして……」

そうまでされると聞きたくなる。どうしてそこまでして自分を呼び寄せたがるのか。ナギなんて、どこにでもいる普通の――いや、この世界では「普通」である精霊の守護さえもたない、非力な一般人だ。

「申し訳ございませんが、お……わたしにはお役目が重すぎます。きっとご期待に添うことはできません」

震え声でそれだけ言ったが、グウィンは静かに首を横に振った。

「おまえの調合した薬の効果は、このわたしがよく知っている。クフォイスにも薬師はいるが、おまえのようにわたしを癒す者はいない。この中にも、その恩恵にあずかっている者がいるはずだ」

彼がぐるりと周囲を見回すと、村人たちは気圧《けお》されたようにうなずいた。

ナギもすがるように村人たちを見回したが、誰も引き留めてくれそうにはない。カモミーレも、キユーラも……。

「ナギ」

うながすように、ウェニスが名前を呼ぶ。十七でこの世界に迷い込んでからずっと、ナギの後見人でいてくれた人だった。彼の視線は、確かに、グウィンにしたがえと言っている。

（ウェニス様まで）

呆然とした。今まで意識したこともなかったが、この国における「王命」はそれほどまでに重いものなのだ。

「……」

うつむいた。震えるナギの手を、大きな手がそっと包んだ。ひんやりと冷たい、グウィンの手だった。

はっと顔を上げたナギの目を覗き込み、彼は言った。

「何も案ずることはない。おまえの生活と安全はわたしが約束する。何があっても、あらゆるものから、かならずおまえを守ると誓う。どうか、わたしと一緒にクフォイスへ来てほしい」

彼の瞳にこもるのは、今まで幾度もナギを手元にと望んできたときに、彼の目に浮かんでいたのと同じ熱誠だった。冷たく白い炎に飲み込まれる。そんな錯覚にとらわれる。

ふるえる声を押し出した。

「きっとお役には立てません。それでもですか」

「それでもだ」と、グウィンがうなずく。

ナギは握られた手に視線を落とした。「王命」「王宮付」という言葉の重圧。自分などに務まるわけがないという不安。慣れ親しんだ村を離れる心許《もと》なさ。それらが胸の裡《うち》で渦巻いた。

今まで、この村を出てグウィンのそばに仕えることを、まったく考えなかったわけではない。いつか彼のそばで彼のために働けたら、彼の癒しになることができたならと、夢想するように考えていた。

けれども、そんなナギの甘い期待などはるかにしのぐ規模と速さで、運命の輪は回りはじめている。

ナギに断る自由はない。グウィンだけが頼りだった。

　カモミーレやグウィンの臣下たちの手を借りて、荷物をまとめた。初めてここへ来たときのようにがらんとした薬局を眺めると、さみしさがこみ上げる。ようやく自分の居場所を得られたように感じていたのに、また失う。

　村の人々はさみしそうにしつつも、「おめでとう」「元気でね」とお祝いとお別れの言葉をくれた。彼らにとって、王宮に召し上げられることはこの上ない名誉なのだ。誰一人引き留めてくれないことに、ナギはひそかに落胆した。この村での平穏な暮らしを愛していたナギの気持ちはすっかり置いてきぼりだ。やさしく親切な人々と、慎ましくも足りた暮らし。ナギはこの村を第二の故郷のように感じていたのに……。

　翌朝、ナギを馬車に乗せた一行は、王都クフォイスに向けてコイドウィッグを出立した。

　この世界に来てから、コイドウィッグを離れるのは初めてだった。初夏。森の木々は新緑に染まり、木漏れ日も、駆け抜ける風までもが緑にきらめいている。

　小窓から差し込む木漏れ日をぼんやりと見つめ、ナギは小さく嘆息した。これが気楽な旅行だったら、きっと心躍る光景だろう。でも、今はとてもそんな気分になれない。これからのことを思うと気が重かった。不慣れな異郷で、ようやくなじんできた場所を離れ、新たな土地へ移り住む。その上、高貴な方々のために働くなんて、どう考えても荷が重い。おまけに、唯一頼りになるはずのグウィンは王弟だという。彼はナギを守ると誓ってくれたが、これからは今までのように気安く接することはできないだろう。それがなにより心細かった。

細くひそやかなため息にのせて憂鬱を吐き出す。斜め前に座っているやさしげな面持ちの男が視線を向けてきた。ナギの世話係として紹介された、ラファンという男だ。特別な人間でもないのに世話係なんてと、ナギは遠慮したのだが、「それではわたくしの仕事がなくなってしまいます」とかなしげに言われてしまい、「形だけでもいいのなら」と受け入れた。彼は、この馬車の唯一の同乗者だった。

「ナギ様、お加減がすぐれませんか？」

ラファンの口調はとても丁寧だ。すわりの悪い思いをしながら、ナギは首を横に振った。

「すみません。大丈夫です」

初めて乗る馬車は思ったよりも揺れるが、座面にはやわらかなクッションが敷かれていて車酔いするほどではない。庶民の移動手段は主に徒歩というこの国において、自分がいかに特別待遇を受けているかは理解していた。本来なら王弟であるグウィンこそが馬車に乗るべきなのだが、彼は自ら騎馬を選んでいるという。

口を開いたついでに、ナギは気になっていたことを申し出た。

「あの、すみません。『様』付けはやめてもらってもいいですか？」

すると、ラファンはやんわりと苦笑を浮かべた。

「ですが、わたくしはナギ様のお世話係です。それに、ナギ様は王宮付の薬師様となられるのですから……」

「でも、働く場所や身分が変わっても、俺は普通の人間です。おおげさな呼び方も、お役に立てなければ、かえって恥ずかしいだけです。ラファンさんにも、年上の教育係くらいのつもりでおつきあいいただけるとうれしいんですが……」

お願いです、と付け足すと、彼は困ったようにナギを見た。

「そうはおっしゃいましても」

「グ……殿下のお許しが必要ですか？」

ナギの言葉に、ラファンはとんでもないというように両手を振った。

「殿下にわざわざおうかがい申し上げるなど、まったく畏れ多いことでございます」

口先だけでなく、本心からそう思っているのが伝わってくる口ぶりだ。そこに身分差や礼儀作法という以上のものを感じるのは気のせいだろうか。

「きっと大丈夫ですよ。あとでおたずねしてみましょう」

ナギが言うと、ラファンは何度か瞬《まばた》きした。ラベンダー色の瞳が、ふしぎなものを観察するようにナギを見つめる。

「何か？」

「いえ……」

ためらったのち、ラファンは思い切ったように言った。

「その……、ナギ様は、殿下とずいぶん親しくていらっしゃるのですね」

その言葉の意味を、ナギは一瞬摑みそこなった。

「すみません、やっぱりなれなれしいでしょうか？　ご存じかもしれませんが、俺、『迷い込み』の人間なので、この国の作法は全然知らなくて。改めますから、おかしいときは指摘していただけると助かります」

恐縮すると、彼は首を横に振った。

「いえ、そうではありません。ただ、あまりにも殿下とご親密なごようすなので」

「親密？　ですか……？」

確かに、一介の薬師としては過分なもてなしを受けているとは思うが、そういう意味でもなさそうだ。

首をかしげたナギに、ラファンはあいまいな笑みを見せた。

「ナギ様は、以前から薬師として殿下を診ていらっしゃったとうかがっております。その間も、今のようなご関係でいらっしゃったのですか？」

「はい。お恥ずかしいのですが、俺、殿下のことも全然存じ上げなくて……。普通に、お客様と薬師としておつきあいさせていただいていました」

「普通というのは？」

「本当に普通です。他のお客様と同様に、薬を処方して、マッサージをして、お茶やお食事を召し上がっていただいて……」

　他の客と違ったのは、自室に泊まってもらっていたことくらいだ。今思うと、王弟殿下をあんなに古くて狭い部屋に押し込めていたなど、畏れ多いにもほどがあるが。

　ナギが説明すればするほど、ラファンは興味深げにナギを見つめた。

「お名前もその頃から？」

「はい。最初に『グウィン』とだけ名乗られたので」

「コイドウィッグの人々は、殿下を『白い人』と呼んでいたようですが……」

　ラファンの指摘に、ナギは一瞬言葉に詰まった。まさか本当のことは言えない。「皆殿下を怖がって、名前を呼びたがらなかったんです」なんて失礼すぎる。苦しい間を挟み、「敬称のようなものです」とだけ答えた。

　ラファンはしたり顔でまたひとつうなずいた。

「ナギ様。わたくしの知るかぎり、王族の皆様と、先王の時代からお仕えしている宰相、将軍閣下以外で、殿下のお名前をお呼びになるのは、ナギ様が初めてです」

「ええっ!?」

　思わず声が大きくなってしまった。普通の話し声程度なら外に聞こえることもないだろうが、さすがにちょっとひやっとする。

手で口を覆いながらラファンを見返し、彼の表情から本当なのだと理解した。

「……すみません。俺、本当に何も知らなくて……次からはちゃんと敬称でお呼びします」

頭を下げると、ラファンは首を横に振った。

「そういう意味ではなくて……殿下がお許しになっていらっしゃるのですから、ナギ様はそのままでよろしいのだと存じます。そもそも、我々も名を呼ぶことを禁じられているわけではありません。現に、他の王族の方々は、お名前で呼ばれていらっしゃいます」

「……そうなんですか？」

だが、それならなぜ身内以外の誰も彼を名前で呼ばないのか。疑問でいっぱいのナギの顔を、ラファンはほほ笑ましげに見つめた。

「ナギ様のそういうところが、殿下にとっては、何より心癒されるのかもしれませんね」

——と言われても、ナギには自覚がないのだけれど。

「そう、なんでしょうか……？」

「それに、今まで何人かの薬師様を王宮にお迎えしましたが、殿下自らお迎えにお出ましになったのは、ナギ様お一人です」

「え……っ」

ナギは再び絶句した。

いや、なんとなく特別扱いが過ぎる気はしていたのだ。やはりそうかと納得してしまう部分と、どうしてそんなと焦る気持ちがない交ぜになる。

「そう、……ですよね？　やっぱり王族の方がわざわざこんなところまで、ただの薬師を迎えにきてくださるなんて、普通じゃありませんよね？」

「ええ、まあ……」

ラファンは困ったように苦笑した。

「ただ、殿下に関しては、他の王族の皆様とは違い、ご自由になさっている部分も大きいので……」

「そうなんですか？」

「ええ」とラファンがうなずいたときだった。外で人の動く気配がした。不穏なようすではないが。

「なんでしょう？」

ラファンと顔を見合わせる。と、

「ナギ」

グウィンの声がすぐそこで名前を呼んだ。馬車を先導する騎馬隊の中心にいたはずだが、そこから下がってきたらしい。

「グウィ……、殿下？」

「殿下はよしてくれ」

苦笑交じりの声が言い、「少し外に出てみないか」とナギを誘った。

「ブルーベルの花が美しいんだ」

「ブルーベル？　ですか？」

聞いたことのない名前だ。興味をそそられたのが声音から伝わったのだろう。「ここで昼食にしよう」と、グウィンの声がかかり、おもむろに隊列が止まった。馬車のドアが外側から開かれる。

「わ……！」

数時間ぶりに馬車を出て、ナギは思わず息をのんだ。

木漏れ日の揺れる明るい森。その一面に、青紫色の絨毯《じゅうたん》が広がっていた。何千、何万という花は、森の奥、見えなくなるまで続いている。

「気に入ったか？」

グウィンが階段下から手を差し伸べながらたずねた。呆然としながらも、もちろん、とうなずく。

「すごい。すごくきれいです……！」

彼の手を借りて地上に下り、ナギは道端の花に歩み寄った。しゃがみ込み、ブルーベルの花をまじまじと観察した。

初めて見る花だった。スズランのように可憐《かれん》な釣り鐘型の花がいくつも連なり、慎ましく頭を垂れている。青い花弁に鼻を近づけると、ほのかに甘い香りがした。

顔を上げ、傍らに立つグウィンにほほ笑みかける。

「すごい……、こんなの初めて見ました」

「コイドウィッグ近辺にはなかったか。オイル領では、この時期の風物詩だ」

グウィンはナギの隣に膝をつくと、花を一輪摘み取った。

「ナギ」

差し出された花に、目を丸くする。ごく自然なしぐさだったが、だからこそ余計に驚いた。浮ついたところのない、むしろ容貌に対比して落ち着きすぎなほど落ち着いた人なのだが、こんな行動がおそろしく似合っている。

男性から花を贈られることに対する違和感はなかった。ただ胸が甘く疼《うず》く。たぶん、相手がグウィンだから。

「ありがとうございます」

受け取った花を、マントを留める胸元のピンに刺した。深緑のマントに、明るい青紫の花が映える。グウィンが満足げに目元を細めた。なんとなくもの言いたげに見えるのは、ナギがそうであってほしいと……何か一言、彼からの言葉がほしいと願っているからだろうか。

二人がそうしているあいだに、ラファンとグウィンの臣下たちは敷物を広げ、昼食の準備をしてくれた。

コイドウィッグの宿屋が用意したバスケットが開かれる。白パンのサンドウィッチと全粒粉のスコーン、ゆで卵とチーズとイチゴ、クロテッドクリームが人数ぶん。熱い紅茶のポットもある。グウィンの身分を思えば質素すぎる昼食だろうが、村の食事としては精一杯のごちそうだった。護衛の歩兵たちには、また別のメニューが配られている。

「ナギが淹れてくれた茶が飲みたい」

上等な毛織物の上に腰を下ろしながら、グウィンが言った。

「クフォイスに着いたら、わたしのために茶を淹れてくれないか」

「喜んで」

昨日顔を合わせてからずっと、彼の顔色が気になっていたのだ。今すぐにでも彼をあたためるお茶を淹れてあげたいくらいだが、ここではその用意がない。

「そうだ。少し、紅茶に工夫をしてみましょうか？」

ナギの提案に、グウィンはナギの顔を見た。

「できるのか？」

にっこりとうなずいた。

「香りを楽しむだけで、とくに薬効はありませんが……ナイフを貸してください」

渡されたナイフで自分のぶんのイチゴをカットし、紅茶のポットに投入していく。

「本当は、紅茶を淹れるときに一緒に入れると、よりおいしくできるんですけどね」

しばらく待ち、用意されたカップにそそぐ。イチゴの風味と紅色が移った、あざやかな色の紅茶になった。

カップを口元に運び、グウィンがほっと息をついた。

「かわいらしい香りだ。紅茶にジャムを落とすより、ずっと自然だな」

「お気に召したならよかったです」

彼のほどけた顔を見ると、ナギもうれしくなる。グウィンの臣下たちとラファン、二人の御者にもストロベリーティーをついで回った。

グウィンと、臣下たち、ラファンと御者は、それぞれの敷物に分かれて座っている。歩兵たちは地面に直《じか》だ。少し考え、ナギはラファンたちの席へ足を向けた。

「ナギ」

「はい」

呼び止められ、振り返ると、グウィンが自分の横を視線で示した。

「こちらへ」

「でも……」

どうしたらよいのか、ナギは迷った。昨夜と今朝は、グウィンは宿屋で食事をとったので、王弟の身分を明かした彼と食事を同席するのはこれが初めてだ。いくら王宮付の薬師になるとはいえ、彼とナギの身分差は歴然としている。知らなかったときのことは目をつぶってもらうにしても、これからも同じように接するわけにはいかないと思うのだが。

「俺……わたしがご一緒してもよろしいのでしょうか？」

たずねると、グウィンは「もちろんだ」とうなずき、ナギを見上げた。

「わたしがそうしてほしいのだ。かしこまらず、言葉遣いも今までどおりにしてほしい。自分のことは『俺』でいい。わたしのことは、どうか『グウィン』と」

鷹揚《おうよう》な口ぶりに、ほんのわずか、請うような声音が混じる。

気がつくと、グウィンの臣下たちをはじめ、ラファンも、御者も、歩兵たちまでもが皆じっとこちらをうかがっていた。視線が気になる――けれどもそれ以上に、自分を見つめ上げてくる星の瞳から目が離せない。

「……よろしいのでしょうか？」

つい、もう一度たずねた。

グウィンの希望が、王宮での習慣からはずれるのはナギでもわかった。それでも彼が望むようにしてあげたいと思う気持ちと、そんな振る舞いが、万が一にも彼の評判を落とすようなことがあったらと危ぶむ気持ちがせめぎ合う。

グウィンは、周囲の視線などないもののように、するりとナギの手を取った。うやうやしく甲に口づける。

「頼む」

今度こそ、見守る全員が息をのんだ。当のナギもだ。

「……グウィンさん……」

見上げてくる瞳と視線が合う。心臓がふるえた。グウィンが彼個人としてナギを必要としていることが、痛いほど伝わってくる。

　無意識に胸元を押さえ、贈られたブルーベルの花にはっとした。この人に、こんなふうに心を差し出され、断れる人などいるのだろうか。少なくともナギには無理だ。たとえどんなに非難を浴びることになっても、彼の望みをかなえてあげたいと思ってしまう。

　自分の心を見定めると、ナギはしっかりとうなずいた。

「わかりました」

「ありがとう」

　彼がほっとほほ笑むと、見守る人々の気配がざわつく。だが、ナギにとっては、見慣れたやさしい微笑だった。

「お礼なんて」と、ナギはほほ笑み返した。彼とまっすぐに視線を合わせる。彼から差し出されたものを受け取って、自分からも差し出した。

「すべて、あなたの望まれるようにいたします」

　今、この瞬間に、そう決めた。

　元々、「迷い込み」のナギだ。王都クフォイスに、ナギを知る人はいない。ナギを必要とする人も、グウィン以外にはまだ知らない。王命はきっかけにすぎず、今回の王都行きは、ナギの気持ちとしては、グウィンのためだ。宮廷の人々に無作法者とそしられるのはかまわない。ナギのせいでグウィンに不都合が起こるなら、王宮を去ればいいだけのこと。

息を詰めて自分を見つめるグウィンにうなずきかける。彼はかすかに眉を寄せてほほ笑み返した。

「いいのか」

「俺がそうしたいんです」

ブルーベルの森にそよ風が吹く。森の奥からコマドリの声が聞こえてくる。日は高く昇り、木漏れ日が明るいダンスを踊っている。絵本のように愛らしく、神と精霊の祝福を感じる風景に目を楽しませつつ、昼食を共にした。

グウィンは、ナギの薬局で過ごしていたときのまま、終始穏やかな笑みを浮かべていた。それがどれほど貴重なことなのかは、二人を見守る人々の呼吸を忘れたかのような反応からなんとなく察せられる。

食事を終え、馬車へ戻ろうとしたナギに、グウィンは手を差し出した。

「よかったら、少し馬に乗ってみないか。ブルーベルの森はもうしばらく続いている」

「いいんですか？」

思いがけない誘いに、ナギは目を輝かせた。馬に乗るのは初めてだ。

「でも、二人も乗って、この子、重くはないでしょうか？」

「大丈夫だ。ディーは二人ぐらいならびくともしない。おいで」

手を引かれ、馬上へと引き上げられた。彼の言葉どおり、つやつやとした青毛の馬は、動じることなく二人を支えている。

「よろしくね、ディー」

首筋を撫《な》でると、ディーは小さく鼻を鳴らした。まるでナギが言っていることがわかるみたいだ。

「行こう」

グウィンの号令で、隊列はゆっくりと動き出した。

乗ってみると、馬上は馬車以上に大きく揺れた。だが、一定のリズムは心地よく、慣れてくるにつれて周囲の景色を楽しむ余裕も生まれる。そうしてみると、高い視点から眺めるブルーベルの青い森は、より広々と深く、神秘的に見えるのだった。

夢のような風景に見入っていると、背後のグウィンが唐突に言った。

「すまない」

謝られる心当たりがない。仰向《あおむ》くように首を回して、ナギは彼を振り返った。

「何がでしょうか？」

「とうとう、おまえをあの静かな村から連れ出してしまった」

その言葉を何度か心の中でなぞってから、ナギは「ああ……」と微笑した。

今更といえば今更な謝罪だ。だが、彼が本心から謝ってくれていることは伝わってくる。ナギがコイドウィッグを愛していた気持ちを、グウィンだけは正しく理解してくれていた。それがとてもうれしかった。思わず泣きそうになったが、かなしかったわけではない。心は、彼の言葉でうるおっていた。だからこそ、打ち明けられることもある。

「正直に言うと、本当は少しさみしかったんです。この世界に迷い込んでから四年、俺はあの村の一員になったつもりでしたが、みんなはそうでもなかったのかな、とか、思ってしまって……」

「そんなことはないだろう」と、グウィンは否定した。

「おまえは確かに愛されていた。よそ者のわたしにも断言できる。ただ、この国では王命は絶対であり、王に召し上げられるのは名誉であるというだけのことだ」

「そうなんでしょうね」

ナギは穏やかにうなずいた。もやもやとしていた心が嘘のように、今は本心からうなずけた。

「あなたが……グウィンさんが王弟殿下だと知って、戸惑う気持ちもありました」

「それは、……いや、すまない」

「いえ、軽率に打ち明けられることではないでしょうから……。でも、これからの俺にはあなただけが頼りなのに、きっともう今までのように接することはできないのだと思って、心細く感じました」

「そんなことはない」

今度は強めの否定だった。

「どうか、今までどおり、やさしく、心やすらぐわたしの薬師でいてほしい」

わたしの薬師——その言葉が、どれほどナギの心を満たすことか。

ナギは「はい」とうなずいた。互いに差し出した心が、互いの中にあるのを感じた。うっかりすると泣いてしまいそうだ。

「もう大丈夫です。どこまでできるかわかりませんが、できるかぎりのことはさせていただきます」

グウィンは「頼む」と返した。

「どうか兄上のために尽くしてほしい」

「え？」と、もう一度振り返る。

グウィンは静かな視線を前方に向けたまま言った。

「おまえの患者は、わたしの兄、アリアン・ブレニン・オルレウィン王だ」

3

コイドウィッグから西へ二日、一行は大きな川のほとりに着いた。オルレウィンの北の大河グラスである。

川岸の町に歩兵を残して船に乗り換え、川を下った。王都クフォイスは、グラスと南の大河グウィルドの河口のあいだの扇状地を埋め尽くすように広がっている。船旅もやはりかぎられた富裕層のものだが、陸路を行くよりはるかに速い。クフォイスの港にはまた別の警備の兵が待っているのだとグウィンは言った。

船に乗って二日間は、なだらかな丘陵地帯に広がる畑と小さな森、時々現れる川岸の町を眺めて終わった。

三日めの朝。船室の窓を覗いたナギの前には、視界に収まりきらないほどの大都市がグラスの川霧に浮かんでいた。

この地方の建築様式なのだろう、白壁とあわく陽光を反射する黄金《きん》色の屋根の建物が、ひたひたと揺れる大河の水際から、はるかかなた、なだらかな丘の上まで並んでいる。だが、きらきらしいかと言えばそうでもなく、狭苦しい印象もない。ゆったりと品良く調和の取れた黄金の首府は、この国の豊かさを表している。金のアリアン王がおわすオルレウィンの王都、富めるクフォイスである。

「すごい……」

もっとよく見ようと、ナギは船室を出て、足早に甲板の階段を上がった。

水面は穏やかに見えるが、船の上は風が強い。髪を押さえ、上着を取ってこようか迷っていたら、ちょうど船室からグウィンが出てきた。ナギを見つけて目を細める。

「おはよう、ナギ」

「おはようございます、グウィンさん」

船上はプライベートな空間という認識なのか、彼はゆったりとしたくつろぎ着姿だった。今日も変わらず黒を基調とした服装なのは、おそらく彼の趣味なのだろう。確かに、全身が銀細工のような彼には、深いつややかな黒がよく映える。

「その格好では寒いだろう」

グウィンは、肩にかけていた大判のストールをはずした。見るからに上等な厚地のフェルトで、光沢があり、ふちに銀糸の縫い取りがある。

着せかけようとしてくれる彼の気持ちはうれしいが、遠慮した。

「だめですよ。グウィンさんだって寒いでしょう」

「だが、おまえが凍えるのを見るほうが、わたしはつらい」

真顔で言われ、一瞬、返す言葉に詰まる。

「……なら、上着を取ってきます。冷え性の患者さんから上着を取り上げるなんてできません」

すると、グウィンは目を丸くしてナギを見つめ、おかしそうにほほ笑んだ。

「ならば、薬師殿。ご一緒に」

「えっ」と戸惑ううちに着せかけられてしまった。びっくりするほどあたたかい。だが、それどころではなかった。

ナギは、グウィンとの距離にたじろいだ。近い。一枚の布の中で、肩が、腕が、体が触れあう。マッサージでなら当たり前に触れられる手を、今は意識せずにいられなかった。間近にある彼の美貌は、シルバーグレーの睫毛《まつげ》の一本一本までがキラキラと輝いて、本当に生きた銀細工のようだ。

男同士、特別親しいわけでもないのに、この距離感はおかしい。頭ではわかっているのに離れてほしいと思うでもなく、自分はただただ緊張しているだけだ——自覚したナギは、めまいがしそうな気分になった。

くらくらしながらうつむくと、ストールから甘いラベンダーとほのかなバニラが香り立つ。逃げるように、そちらに話題を向けた。

「いい香りですね」

「おまえのところで買ったハーブウォーターだ」

「こんなにいい香りでしたっけ？」

ナギはまたびっくりした。確かに、ナギの薬局ではラベンダーとバニラのハーブウォーターも扱っていた。だが、これほど甘く上品に香るものだっただろうか？

それでも、記憶をたどってみると、確かに半年ほど前、彼はそのハーブウォーターを一瓶買っていってくれたのだった。フローラルな甘い香りなので、そのときは、てっきり女性へのおみやげか何かかと思っていたのだけれど。

「グウィンさんみたいな大人の男性から、こんな甘い香りがするのは意外です」

「おかしいだろうか」

「いえ。意外性も含めてすてきだと思いますよ」

彼は「それを聞いて安心した」と、星の瞳をなごませた。視線で、声で、撫でるようにささやく。

「これを羽織ると、あたたかさと共に、おまえと過ごす時間の心地よさを思い出せる。わたしにとっては、そういう意味で手放せないものだ」

「……」

相槌《あいづち》すら打てなくなって、ナギは視線をさまよわせた。ストールの中で密着していては逃げ場もない。せめてと視線をクフォイスに向け、やや強引に話題を変えた。

「すごい……黄金の街ですね」

「ああ」

「屋根が金色に輝いているのはどうしてですか？」

「この地方の土には、日の光を反射する石が含まれている。それを使って煉瓦《レンガ》を焼くと、ああなるのだそうだ」

「そうなんですね。とてもきれいです」

ナギが知る、高層ビルが建ち並ぶ近代都市とは異なるものの、大都市と言い表すにふさわしい堂々たる街並みだった。

「人口はどのくらいなんですか？」

「およそ二百万だ。交易都市だから常に多少の出入りはあるが」

「二百万……」

ナギは呆然と呟いた。高層マンションのない都市で、その人口はすごい。ここから見えている場所だけでなく、相当な広さがあるということだろう。

「あの丘の上に建っているのがクフォイス城だ」

グウィンのすらりと白い指が、遠くに見える丘の上の城を指した。川風がストールの中に忍び入り、銀刺繍《ししゅう》の端をはためかせる。

「その隣の白い建物が大神殿。丘の麓の時計塔のある建物が議事堂で、その横が図書館だ。川岸のあのあたりは繁華街だが、城の北側はどちらかといえば役所が集まっている地区だ。南側には海に面した貿易港があるから、もっと大きな繁華街がいくつもある」

「貿易って、どちらの国とですか？」

「南のデーや、西の大陸の華《か》という国、その向こうの島国などだ」

グウィンの指す方向に目をこらしながら、ナギはこの国の文明度について考えた。

コイドウィッグの印象から、なんとなく産業革命以前のヨーロッパをイメージしていたが、やはりそのくらいに見える。だが、社会制度や福祉の面については、近代都市に近い部分もあるようだった。いずれも豊かな国力が支えているものだ。

「病院はあるんですか？」

ナギの質問に、グウィンは「一応」と、ややあいまいにうなずいた。

「以前、おまえのいた世界の病院の話を聞いたが、そこまで専門的な知識や技術をもった独立の機関はない。コイドウィッグの薬局がそうだったように、神殿の一角が医局や薬局を担うのが一般的だ。そもそも疫病の精の侵入と増殖にさえ目を配っていれば、そこまで困るような事態にはならないし、そうした精霊たちに対処するのも神殿の役目だからな」

「疫病の精、ですか」

思わず呟く。グウィンは、はるかクフォイス城に視線を向けたままだ。

「この世界では、ありとあらゆるものに精霊がいる。四大精霊に連なるもの以外にも、善《よ》いものにも悪いものにも。それこそ、疫病にも、死にも精霊はいる」

（……死……）

その言葉がなぜか耳に残った。グウィンがこちらを振り返り、「おそろしいか？」とたずねる。ナギは首を横に振った。

「善いものにせよ、悪いものにせよ、俺には感じられませんから」

「そうだったな」

「でも、でしたら、陛下のご病気も……？」

アリアン王の病も精霊のしわざと考え、その精霊を退ければよいのではないか。

ナギの疑問は、当然、グウィンたち国王の周囲の人々も抱いたことだろう。だが、彼は首を横に振った。

「大神官たちが力を尽くしているが、今のところ芳しい効果はない」

「そうなんですか」

この世界において精霊は大きな影響を及ぼすが、万能なわけではないらしい。ナギは認識を改めた。それならば、もしかしたら自分にもできることが残されているかもしれない。

並んでクフォイスを見つめていると、近寄ってきた船長が、「あと一時《いっとき》ばかりで入港でございます」と告げた。

「予定よりもかなり速いな」

「水の流れも風向きも、奇跡かというほど順調でございまして」

「それは重畳《ちょうじょう》」

「朝食のご用意が整ってございます。よろしければお召し上がりください」

グウィンはナギを振り返り、「行こう」とうながした。

ナギたちを乗せた船は、クフォイスの北の港に接岸した。北方の領土との主要な交易港で、様々な物品を扱う市が立っている。そこで再び馬車に乗り換え、クフォイスの中心を目指した。今度はグウィンも馬車に同乗している。

ナギは斜め前に座ったグウィンを見てたずねた。

「これからどこへ行くんですか？」

「まずは大神殿へ向かう。おまえの住まいと仕事場に案内しよう」

馬車は小一時間ほど街の中を進んでいたが、やがてゆるやかな坂を上り、ほどなく止まった。ドアが外側から開かれる。最初にラファンが馬車を下り、続いたグウィンは振り返ってナギに手を差し伸べた。

「足元を見ないと危ないぞ」

「ええ……」

彼の冷たい手を取りながらも、思わず視線を上に向ける。

目の前にそびえていたのは白亜の大神殿だった。船上から見たときには、隣のクフォイス城が大きすぎて目立たなかったが、間近に見ると太く高くそびえる柱に支えられた屋根は見上げるほど上方にある。そして、黄金に輝くクフォイスで、唯一抜けるような純白だった。建材はおそらくすべて白大理石だ。

　大神殿の前には、数人の神官たちが並んで一行を出迎えてくれた。コイドウィッグの神官たちはいつも質素なリネンの神官服だったが、大神殿の神官たちは皆純白の絹をまとっている。

「出迎え、感謝する」

　グウィンの言葉に、神官たちは皆膝を落として礼を取った。中心にいた、見事な白髭《しらひげ》の神官が、「ようこそいらっしゃいました」と答える。

「わたしの大切な薬師のナギだ。よろしく頼む。……ナギ、大神官長のカンフォールだ。今後は、彼がわたしと共におまえの後見人になってくれる。他の医師や薬師同様、おまえの住まいもこちらになる。詳しいことは彼らに聞いてくれ」

「承知しました。……お世話になります。薬師のナギです。よろしくお願いいたします」

　ひざまずき、ナギは深く頭を下げた。

　そこへ王城のほうから人が走ってきて、グウィンの臣下に何かを告げる。

「殿下」

　彼がすばやく駆け寄って、グウィンに耳打ちした。彼は表情を変えることなく、「わかった」と答えると、ナギに向き直った。

「すまない。急いで城に戻らなくてはならなくなった」

「はい」とうなずく。心細くはあったけれど、いつまでも一緒にいられるわけではないとわかっていた。これから、ナギはここで薬師として自立していかなければならないのだ。

グウィンはそっとナギの指先を撫でた。

「登城は三日後だ。迎えが来るまでゆっくりしていなさい」

「わかりました。お迎え、お待ちしています」

グウィンはうなずいて去りかけたが、ふと足を止めると、戻ってきた。

「グウィンさん？」

「ナギ」

目の前に夜が広がった。

グウィンに抱き寄せられたのだと、背中に回る腕のぬくもりと、ラベンダーバニラの香りで理解する。ぎゅっと強く抱きしめられた。

バラ色に染まったナギの頬を冷たい指先で一撫でし、彼は「行ってくる」と、今度こそ城のほうへと去っていく。

見送るナギを、神官をはじめとした人々は、驚嘆の表情で見つめていた。

4

クフォイスでのナギの生活は、思いのほかなごやかに始まった。

応接室で五人の大神官と三人の薬師に紹介されたのち、回廊を回って、裏側にある別棟へと案内される。大神殿で働く医師と薬師の住まいだというその建物の二階に、ナギの部屋は用意されていた。

「こんなに広い部屋をいただいていいんですか？」

部屋の入り口で、ナギは思わず足を止めた。

広々として天井の高い居室には、本棚と薬棚、大きな机、石造りの暖炉と、窓際にはテーブルセットまで置かれている。寝室と手洗いは別室だ。聞けば、職場となる薬局は大神殿の中にあって、ここはナギが自由に使っていいのだと言う。だが、メインとなる居室だけでも、コイドウィッグの薬局の何倍もの広さがあった。

「薬草以外のお荷物は先に入れさせていただいております。ご不便があるようでしたら入れ替えますのでお申し付けください」

ラファンの言葉に、「ありがとう」と返しながら、ナギは部屋を見て回った。

　居室と寝室の窓の外には、狭いけれどバルコニーもあり、洗濯には困らなそうだ。バルコニーから見回すと薬草園らしいものが目に入った。あとで薬局と一緒に見にいこうと思う。

　最後に手洗いのドアを開けた瞬間、ナギは思わず叫んでいた。

「ラファンさん！」

「ナギ様？　どうされました？」

　あわててやってきた彼を振り返る。大きな洗面台とトイレ、その横に取られた空間の壁に取り付けられた金属部品を、ナギは興奮気味に指さした。

「あれ、もしかしてシャワーですか!?」

「え？　ああ、そうですが……？」

　ふしぎそうな彼をよそに、ナギは「やった！」と飛び上がった。

「どうやって使うんですか？」

「そちらの紐《ひも》についたレバーを引いていただくと、水が出ると思います」

「今使ってもいいですか？」

「かまわないと思いますが……」

「ありがとう！」

　ナギの喜びように、ラファンは目を丸くしている。

　運び込まれていた荷物から体を拭く布と着替え、手作りの石鹸を取り出しながら、ナギはニコニコと説明した。

「俺が前住んでいた国では、毎日の入浴が習慣だったんです。こちらの生活で一番恋しかったのがお風呂やシャワーで……」

「そうだったんですか」

「すみません。ちょっとだけ時間をください」

　断り、四年ぶりになるシャワーを浴びた。五月のクフォイスはちょうど同時期の東京くらいの気温だ。冷水を浴びるには少々寒い。おまけに泡立たない半液体の石鹸だったが、ナギにとっては些細《ささい》なことだった。体の隅々まで洗い流し、さっぱりと幸せな気分で手洗いを出た。

「いかがでしたか？」

「うん。もう、最高！　ありがとう！」

　心のままに笑うと、ラファンも大きく破顔した。

「わたしがお礼を言っていただくことではありませんが、よかったですね」

　ついでに洗面台で洗ってきた服を干していると、ラファンが「わたしが」と手を差し出してくる。

「ありがとう。でも、大丈夫です。このくらいは自分でもできますから」

「しかし、ナギ様の身の回りのお世話をさせていただけなければ、わたくしは仕事を失ってしまいます」

　こんなやりとりを前にもしたな、と思う。あのときには、グウィンが「彼にもわたしたちにも、それぞれ立場があるのだ」とナギを諭したことで、結局、ラファンに「様」付けをやめてもらうことはできなかった。だが、社会的身分はどうあれ、ナギはラファンをこき使うつもりはない。一方で、彼が必要ないかといえば、けっしてそんなことはなかった。

「そんなことないですよ」と、ナギはにっこり笑いかけた。

「俺は、ここでは買い物のしかたひとつ知りませんし、仕事を始めれば薬局にも薬草園にも出向きます。力を貸していただく場面はたくさんあると思います」

「ですが……」

「手始めに、おなかがすいたんですけど、ご飯ってどうしたらいいんでしょうかね？」

ナギがたずねると、ラファンは一瞬目を丸くして、おかしそうに破顔した。

「それでは、食堂へご案内します」

食堂で昼食をとり、午後からは職場となる薬局へあいさつに行った。

グウィンが言っていたとおり、ここでも薬局は大神殿の一画に入っていた。といっても、コイドウィッグのそれとは規模が違う。コイドウィッグ神殿がまるまる入ってしまいそうな広さの薬局には、一般の患者だけでなく観光客の姿も多かった。質のいい精油やハーブウォーター、ハーブコーディアルなどは、クフォイスみやげとして人気らしい。

壮観なのは、飴《あめ》色の立派な薬草棚だった。何百という抽斗《ひきだし》には、薬草がぎっしり詰まっている。そのすべてと、これまた豊富に取りそろえられた精油を自由に使っていいと言われ、ナギは目を輝かせた。早速、棚を見せてもらう。

「すごい……ハーブだけじゃなく、漢方系の薬草もあるんですね」

「漢方？」

ナギの呟きに、ガルシェックと名乗った年配の薬師がふしぎそうな顔をした。

「ああ、すみません。俺が前に住んでいたところでは、これとかこれを、そう呼んでいたんです」

丁字《ちょうじ》や八角《はっかく》を指して説明する。他にも見慣れない薬草が多々あって、どうやらそれらも漢方系の生《しょう》薬《やく》のようだった。

「ああ、クローブやスターアニスも知っているとは……」

感心したようにガルシェックが言い、バーシルと名乗った女性の薬師が教えてくれた。

「これらは南のデーや、西の華という国から船で運ばれてきたものなの。オルレウィンには自生していないわ」

「ああ、輸入物なんですね」

どうりでコイドウィッグでは見かけなかったはずだ。コイドウィッグで手に入った輸入物のハーブといえば、バニラくらいのものだった。

「正直なところ、僕たちにも使い方がよくわからないものがいくつもあるんです」

一番若い、フィサリスという薬師が苦笑した。彼は異国の血が混じっているらしく、浅黒い肌をしている。

棚を眺めながら、ナギは早速やるべきことを見つけた。自分には知識が圧倒的に足りない。

「のこのことお招きに応じておいて恐縮ですが、俺、薬草についても、この国についてもまだまだ勉強が足らなくて……。ご指導いただけるとうれしいです。よろしくお願いいたします」

頭を下げたナギに、三人は「こちらこそ」とほほ笑んだ。


その日の夜のことだった。

食堂で他の薬師たちと夕食をとっていたナギの元に花が届けられた。見事に咲いた大輪のシャクヤクに、これから見頃を迎えるバラ、トルコキキョウなどがそれぞれ一抱えずつもあり、とても「花束」という規模ではない。

贈り主はグウィンだった。添えられたカードには、クフォイスで過ごす最初の夜に一緒にいられないことへの詫びと、ゆっくり疲れを癒すようにとの言葉が、気品ある流麗な文字で記されていた。

ナギが指で文字をなぞっていると、横から覗き込んできたフィサリスが、口笛でも吹きそうな口調で「熱烈だね」と感想をもらした。署名を見て、首をかしげる。

「『あなたの患者より』？」

「ナギは白の殿下のかかりつけだったのよね」

——白の殿下。

バーシルが口にした呼び名に、ナギは幾度か瞬きした。グウィンの名を呼ぶのは身内だけだという、ラファンの言葉は本当らしい。文脈上、グウィンのことだとわかったので、うなずいた。

「一年ほどだけですが、俺の薬局に通ってくださっていました」

「ドゥイラインとの国境視察の帰りに、たまたま噂を耳にしたと聞いた。ずいぶん評判がよかったそうだな」

ガルシェックの言葉にナギは苦笑した。

「あのあたりはすごく田舎で、ここのようにすぐれた薬師も薬もありませんでしたから……。話がおおげさに伝わったのだと思います」

「だが、この一年、殿下の顔色が目に見えてよくなられたのは間違いない」

「顔色もだけど、表情がすごくやわらかくなったよね。今日、ナギを連れてきたときなんか、別人かと思ったもん」

「フィサリス」

からかうようなフィサリスの言葉を、ガルシェックがたしなめる。

花はとてもナギの部屋だけでは飾りきれない量だったので、半分は同僚たちにもらってもらうことにした。

「皆さんも、よろしかったらお持ちください」

隣のテーブルにいた医師たちにも声をかける。

――と、そのうちの一人が眉をひそめて言った。

「どうぞって……。その花、例の殿下からのものなんだろう」

「おい、フフール」

「『白い死』からの花なんて、不吉にもほどがある。そんなもの飾っていたら、それこそ体調がおかしくなりそうだ」

白い死――その名を、ナギは耳にしたことがあった。コイドウィッグに、彼が「王弟グウィン・ブレインダル・オイル」としてやってきた日。村人たちの歓声に交じっていたかすかな呟き。

フフールという医師はすっと席を立ち、冷たい目でナギを見下ろした。

「死のご寵愛《ちょうあい》を受けた薬師なんて、冗談にもならないな」

「フフール！」

同僚の医師たちが、あわてたように彼をとがめた。ナギのほうに頭を下げ、食堂を出ていく彼のあとを追っていく。

ナギは呆然と彼らの背中を見送った。投げつけられた言葉の意味は半分も理解できなかったが、こめられた悪意だけははっきりと伝わった。

「ナギ……」

「これ、いただいていくわね」

「オレも」

「わたしももらおう」

　薬師たちのやさしさが救いだった。


「『白い死』というのは、殿下を指して呼ばれる名のひとつです」

　食堂から引き上げてきたナギの部屋で、花瓶に花を生けながら、ラファンが重い口を開いた。

　グウィンについてきちんと知りたい。けれども、聞いてよいものか。逡巡《しゅんじゅん》するナギの心情を察して、自ら教えてくれたのだった。

「殿下の守護精霊は、死の精霊ですので」

「……死の精霊……」

　おどろおどろしいその名を、ナギは口の中で呟いた。

　その存在を、ナギは知っていた。他でもない、グウィン自身が言ったのだ。あのグラスの船上で。

　――この世界では、ありとあらゆるものに精霊がいる。四大精霊に連なるもの以外にも、善いものにも悪いものにも。それこそ、疫病にも、死にも精霊はいる。

「おそろしいか？」と彼は問い、ナギは首を横に振って答えた。どちらにせよ、自分には感じられないものだから、と――。

「死の精霊は、名のとおり、死を司《つかさど》る精霊です。中でも、殿下を守護する精霊は非常に強大で、その力は冥王《めいおう》に匹敵するとも言われています」

「冥王、ですか」

「伝え聞いたところによれば、殿下は、その気になれば、人を指さすだけで死を賜ることができると……。もちろん、精霊を思いどおりに使役するには、それなりの代償が必要になりますが」

「……」

黙り込んだナギを、ラファンは気遣わしげな、そして心配そうな目で見つめた。

「いずれお耳に入ることだと思いますので、今申し上げますが、他にも真偽不明の逸話や噂ならいくらでもございます。たとえば、殿下のお生まれになった日は、人死にの多い日だったと言われています。治安の良いクフォイスで、十年に一度もないような通り魔殺人があった日でした。海では貿易から帰ってきた船が沈み、東の鉱山では大規模な崩落事故がありました。死の名を呼べば死が近づくと言われ、殿下の名を呼ぶ方はごくわずかです。アリアン陛下のご病気についても、口さがない人々は、死がお近くにいるせいではないかと……」

「わかりました、もういいです」

聞くにたえず、ナギはラファンの言葉をさえぎった。心臓が締めつけられるように痛んで苦しかった。

思い当たることはいくつもあった。

　グウィンが来ると「精霊がひどくおびえる」と言い、なんとなく彼をおそれていたカモミーレやコイドウィッグの人々。彼の名を呼ぼうとしないラファンたち。「王弟」というだけではない、遠巻きにするような人々の態度と視線。そして、彼の目元に差す孤独の翳り。気鬱。不眠――。

　グウィン。あなたは。

「ナギ様」

　ラファンに手布を差し出され、ナギは自分が泣いていたことに気づいた。

「……すみません」

「おそろしいとお感じですか？」

　ラファンの問いに、ナギは涙に濡れた目を見開いた。今まで感じたこともなかったような怒りとやるせなさがナギを襲う。

「おそろしいって、グウィンさんがですか？　違います。そんなことで泣いてるんじゃありません」

　言いながらも、また涙があふれてしまう。自分などが泣いていいことではないと思うのに止められない。手布を目元に押し当てながら、壊れたように首を横に振った。

「あの人が怖いなんて、そんなわけ……そんなことありません」

「ですが、ナギ様。ナギ様には感じられなくても、この世には確かに精霊はいるのです。そして、殿下は死に愛されていらっしゃいます」

「それが何だって言うんですか」

ナギはとうとう声を荒らげた。グウィンから使わされているはずのラファンが、今まで何くれとなくナギの世話を焼いてくれていたやさしい彼までがそんなことを言うのが、とてつもなくかなしかった。

「俺は一年、グウィンさんの名を呼び続けてきました。あの方の手に、足に触れてマッサージをし、食事を共にしてきました。もし、グウィンさんを守護する精霊のせいで……そんなことで本当に人が死ぬのなら、俺はもうとっくに死んでいます。そもそも、グウィンさんは、そんな、人を殺《あや》めるような方ではないでしょう」

「それでは、これまでと変わらず、殿下とお接しになると？」

「当たり前です」

怒りに声をふるわせるナギを見つめ、ラファンはラベンダーの瞳をふわりとゆるめた。

憑《つ》きものが落ちたようにやわらかな声音で言う。

「そのお気持ちをうかがって安心いたしました。殿下にとって、ナギ様は今や心の支えです」

「……、ラファンさん……」

「失礼なことを申し上げました。お許しください」

落ち着きはらった謝罪に、ようやくナギの頭も冷えてくる。試されたのだ。

考えてみれば、彼が今整えてくれている花瓶の花は、その「白い死」からの贈り物だった。それだけでも、ラファンの本意がどこにあるのかは明白だ。

ふーっと一つ息をつき、ナギは「すみません」と謝った。試されたことに対する怒りはない。ただ、だいぶ落ち着きを取り戻してはきたものの、波立った心はまだ完全に凪《な》いではいなかった。

ソファから立ち上がり、ナギは暖炉の火を熾《おこ》した。

「ラファンさん。すみませんが、牛か山羊のミルクをマグに一杯もらってきてくれませんか」

唐突なお願いにも、彼は穏やかにうなずいた。

「どちらもあると思いますが、どちらがよろしいですか？」

「可能なら、牛のほうを」

「かしこまりました」

ラファンはすぐに部屋を出ていく。

ナギは鍋に少量の水を入れ、暖炉の火にかけた。コイドウィッグから持参した荷物から、紅茶の茶葉とラベンダー、はちみつの瓶を探し出す。

沸騰した湯に茶葉を入れ、煮出していると、ラファンが牛乳のマグを手に戻ってきた。

「何を作っていらっしゃるんですか？」

「ラベンダーミルクティーです」

ありがとう、と礼を言い、牛乳を受け取った。鍋に牛乳をマグ一杯ぶんと、ドライラベンダーを一匙《さじ》入れる。弱火で沸騰直前まであたためたらできあがりだ。二つのマグに分けてそそぎ入れ、はちみつを垂らした。

「ラファンさんも、こちらでどうぞ」

　ナギがテーブルにマグを置いて誘うと、彼は口を開いて何事かを言いかけ、思いなおしたようにうなずいた。

「ご相伴にあずかります」

「うん。ありがとう」

　向かいあって椅子に座る。お茶を一口含むと、ラベンダーの甘く穏やかな香りが鼻に抜けた。牛乳とはちみつのやさしい甘さとよく合って、心が落ち着く。

　ラファンが心から感嘆したように「おいしいです」と感想をもらした。少しためらってから、たずねてくる。

「ナギ様は、精霊の守護をおもちでないのでしたよね？」

「はい。そうです」

「ふしぎです」と、ラファンは言った。

「ふしぎ？」

「はい。わたくしの守護精霊はラベンダーなのですが、わたくしが彼らに頼んで力を貸してもらうときよりもずっと、ラベンダーのもつ特性が生かされている気がします。まるで、ナギ様こそがラベンダーの精に愛されているような……」

「そんなことはないでしょう」

だが、彼がナギを慰めようとしてくれる気持ちはうれしかった。

長かった一日が、ようやく終わろうとしている。

ナギはテーブルからあふれんばかりに咲いている花の花弁をそっと撫でた。

グウィンに会いたいと思う。会ってどうしたいのかはわからない。ただ、あの物静かな月のような人が恋しかった。


三日後、グウィンがナギの元を訪れたのは、まだ日が中天に昇りきる前のことだった。

「ナギ」

約束は午後のはずだったが、彼の声を聞き間違えるはずもない。

薬草園で脚立に上り、ニワトコの枝の中に顔を突っ込んで花を摘んでいたナギは、呼ばれてつい下を見た。

「グウィンさん？　――わっ」

急に振り向いたせいで脚立がぐらつく。

「ナギ！」

「ナギ様！」

グウィンも、ラファンも、周りで作業していた薬草園の職員たちもが声をあげた。

とっさにグウィンが支えてくれて、なんとか落ちずに留《とど》まったが、花を入れていたかごはひっくり返り、白い小花がグウィンの上に降り注ぐ。

「ああ、すみません！」

ナギはあわてて――だが、これ以上迷惑をかけないよう気をつけて――脚立から下りた。背伸びして、グウィンの髪についた花を払う。

頭から花を浴びたグウィンは目を丸くしていたが、ふと相好をくずすと、くつくつと笑いだした。

「本当にすみません。いきなりこんな……」

「かまわない。こちらこそ、急に声をかけて悪かった」

まだ笑いながらナギを見て、「元気そうだな」とほほ笑む。

「ようすを見にきてやりたかったのだが、しばらく城を空けていたぶん、やることが溜《た》まっていて動けなかった。すまない」

「とんでもないです」

ナギは首を横に振った。

確かにグウィンのおとずれこそなかったが、初日の花に続き、二日目には砂糖とバターをたっぷり使った焼き菓子が、今朝は絹の服一式が届けられている。それらにはどれも彼の自筆のメッセージがついていて、ナギの心をあたたかくしてくれた。

言いたいこと、伝えたいこと、してあげたいことがたくさんあったような気がする。けれども、実際に彼を前にすると、どれも吹き飛んでしまった。

ナギはまっすぐに彼を見上げてほほ笑んだ。

「毎日贈り物をいただいて、ありがとうございました」

「何か不足しているものや、困っていることはないか？」

「全然。薬局の皆さんが親切にしてくださって……そうだ、いただいた部屋にはシャワーまでついていたんですよ。本当に感激です」

ナギの力説に、グウィンは笑いをこらえる表情になり、「そうか」とうなずいた。ナギの風呂好きを思い出したのだろう。

ナギは、ラファンや他の職員たちと一緒に、地面にばらまいてしまった花を拾いながらたずねた。

「それにしても、お早かったですね。いらっしゃるのは午後だとうかがっていましたが……？」

「ああ。午前の会議が予定より早く終わったんだ。今ならおまえと昼食をとれるかと思ったんだが、薬局に行ったら『薬草園にいる』と言われてな。こういった薬草の世話も、薬師の仕事なのか？」

グウィンのなにげない一言に、職員たちに緊張が走った。

薬師がナギ一人しかいなかったコイドウィッグでは、野山での採取も、薬草の栽培も、すべてナギの仕事だった。だが、ここでは薬師は基本、薬の調合だけしていればいいらしい。薬草の栽培を主とした薬草園の管理は専門の職員たちの仕事である。客観的に見れば、ナギは彼らの仕事を奪っていることになるし、逆に言えば、彼らはナギに余計な仕事をさせていることになる。戸惑う職員たちに、どうか薬草に触れさせてくれと頼んだのはナギのほうだった。

「俺がお願いして、お手伝いさせていただいているんです。薬局の仕事は慣れるまで少しずつやらせていただいているので時間はありますし、もちろん、薬師としては少しでも薬の勉強をするほうがいいのかもしれませんが……すみません、植物や土に触れるのが好きなので、ちょっとだけ、息抜きに。お仕事の邪魔をしてしまって、職員の皆さんには申し訳ないことですが」

ナギの言葉に、職員たちは「とんでもない」と一様に首を横に振った。

「ナギ様がいらっしゃるようになってから、園の薬草たちは目に見えて元気です。まるで、薬草の精霊たちがナギ様に世話されることを喜んでいるような……」

「気難しい温室の薬草たちですら、ナギ様がいらっしゃるようになってから、一本も枯れたことはないんですよ」

口々にナギをかばう彼らに目をやり、グウィンは「かまわない」とうなずいた。

「なんなら薬局勤めから、こちらの管理に仕事を変えるか？」

言いながら、木の枝に引っかけてぼさぼさになってしまったナギの髪を耳にかけてくれる。

「いえ。薬草についても勉強させていただきたいので、今のままで……。わがままを申し上げて、すみません」

「いや。おまえの望むようにするといい」

最後にそっと指の背でナギの頬を撫で、美しい指が離れていく。少しだけ名残惜しいような気分を、ナギは胸の奥にしまった。

外仕事用のエプロンをはたき、彼を見上げる。

「お昼がまだなんでしたね。どうしましょうか？」

「おまえは、どうするつもりだったんだ？」

「ここで皆さんと食べるつもりでしたが……」

ちらりとうかがった職員たちは無言だが、その表情は皆一様に「ご遠慮申し上げます」と言っている。

苦笑して、ナギはグウィンを自室へ誘った。

「食堂にお願いして用意してもらいましょう。俺も今朝、スコーンを焼いたところなので、よかったら。今摘んだエルダーフラワーのお茶もお出しします」

彼は「よばれよう」と、うれしげにうなずいた。

二人で昼食をとったあと、ナギはグウィンに茶を勧め、自らはシャワーを浴びた。タイムを練り込んだ石鹸で頭のてっぺんからつま先までよく洗う。その後グウィンから贈られた服に着替え、薬局で支給されている絹のエプロンを身につけた。

鏡の前で衣服を整え、三角巾に髪を押し込む。

「これで失礼はないでしょうか？」

患者と薬師という関係とはいえ、国王陛下との謁見だ。病気の前に身分は関係ないが、それはさておき、緊張はする。

グウィンに「大丈夫だ」とお墨付きをもらって、ほっとした。

「荷物は？」

「今日のところは、これだけで」と、バスケットを掲げる。

アリアン王の容態については、あらかじめガルシェックたちから聞いているが、実際本人に会うまでは何が必要になるかわからない。薬の調合は戻って、他の薬師たちと相談してからだ。だが、できるかぎり想像して、必要と思うものを詰めた。

「では行こう。すぐそこだから、徒歩でもいいか」

「もちろんです」

隣に並んで歩きながら、ふと、グウィンがナギの頭に顔を寄せてきた。

「いつもと違う香りだな」

「タイムの石鹸の匂いじゃないでしょうか。ラベンダーより殺菌効果が強いので」

「殺菌？」

ナギは「ええ」とうなずいた。

「ご病気の方のところへうかがうので、できるだけ清潔にしておいたほうがいいと思って……。他の皆さんはどうなさっているんですか？」

「いや。とくには……今後の参考にさせてもらおう」

いくぶんけわしい顔つきで、グウィンは言った。

この顔。

コイドウィッグで、時折目にした表情だった。「眠れない」「頭痛がする」と訴えるときの顔。彼を思い悩ませ、不眠にさせている原因はいくつもあるのだろうが、そのひとつは、兄王の病状に他ならないようだった。

グウィンに連れられ、王城の門をくぐる。

クフォイス城は、城壁からあわく黄金色に輝く城だ。建材である煉瓦にも、例の光る石粉が混ぜ込まれているらしい。おかげで、薄暗くなりがちな建物の内部も、ほわりと発光するように明るかった。

「ガルシエックさんたちからもうかがってはいるのですが、グウィンさんからも陛下のごようすをうかがっていいでしょうか？」

ナギの質問に、グウィンは声を落として口を開いた。

「陛下が体調をくずされたのは、半年ほど前のことだ……」

その日まで健康そのものだった王は、ある日腹痛を訴えたのをきっかけに急激に体調を悪化させ、嘔吐《おうと》、下血、激しいめまいを併発し、文字どおり倒れた。急性期をなんとか乗り越えてからも腹部の不快感とめまいは治まらず、病状は今に至るまで一進一退の状態にあるという。

「それは……」と、ナギは眉をひそめた。

「申し上げにくいのですが、嘔吐、下血なさったということですから、一応確認させてください。食中毒の可能性はありませんか？」

「考えにくい。当日もいつもと同じ料理人の食事を、妃《きさき》や子供たちと同じ席で食べている」

「そうなんですね」

そもそも食中毒なら、半年ものあいだ症状が続くのはおかしい。

「ということは、胃腸に何らかの異常があると考えるのが普通でしょうが……。正直、俺の薬でどうにかなるものか……」

言いながら、ナギは考え込んでしまった。

たとえば、単なる腹痛や胃のむかつき、腸が弱っているなどという症状であれば、胃腸に効く薬を処方してようすを見るのもいいだろう。だが、話を聞いたかぎりでは、アリアン王の症状は劇症型で始まっている。もしかしたら、外科的手術を必要とするような病気かもしれない。そうなると、ナギには完全にお手上げだ。

「大神官たちが、腹の病を起こす精霊を片っ端から追い払ったが効果はなかった。この国の医師は主に外傷や骨折を診るもので、病気は薬師の管轄だ。国中からいい薬師を探したが、全員が匙を投げた。今は、元から大神殿に仕えていたガルシェックらの処方する薬を飲んでいるだけだ」

「……わかりました」

元々なかった自信がますますなくなってきたのが正直なところだが、まずは患者本人に会ってみないことには始まらない。

階段を上がり、金の装飾のある大扉の前で、グウィンは足を止めた。ノックを三回。すぐに内側から扉が開かれる。

「グウィンです。失礼します」

彼に続いて部屋に入る。薄暗い部屋だった。外に向いた側の壁には大きな窓が取られているものの、そのすべてにカーテンがきっちりと引かれている。ほのかな蠟燭《ろうそく》の光の中心に、大きな寝台が浮かび上がっていた。

寝台の左右の枕元には、人が一人ずつ立っていた。右に立つのは、白髪白髭で眼鏡をかけた、いかにも聡明《そうめい》そうな老人だった。左側の人物は、老人とグウィンとのちょうど中間くらいの年頃だろうか。見るからにがっしりとした体軀《たいく》で、顔つきもいかめしい。腰に大剣を佩いているところを見ると、武人のようだ。

その二人に守られるようにして、ベッドで上体を起こしているのが、アリアン・ブレニン・オルレウィン王だった。年は三十八と聞いている。高い鼻梁《びりょう》や薄く上品な口元はグウィンとよく似ているが、「金の王」はその名のとおり、豊かな金の髪と、穏やかな金の瞳をもっていた。

ナギはその場にひざまずいた。やつれて病床に伏せっていてなお、そうすることが当然のように感じさせる王だった。

「お加減はいかがですか、兄上」

　グウィンの問いに、アリアンは「あいかわらずだよ」と穏やかに答えた。

「だが、今日は少し気分がいい。おかげで、こうして政務ができる」

「いいことです」

　頭上の会話に耳をすましていると、「そちらが？」と別の声がたずねた。よく響く、張りのある声は、おそらく武人のほうだった。

「薬師のナギです。ナギ、顔を上げなさい」

「はい」

　おそるおそる顔を上げる。四人の視線が集まっていた。緊張する。泳ぎそうになる視線を、必死でアリアン王に縫い止めた。

「アリアン国王陛下と、宰相のグウィボデース・フリン、将軍のハイアルン・クレディフだ。あいさつを」

「ナギと申します。よろしくお願いいたします」

「こちらこそ、よろしく」

　アリアン王が直接答えた。

「グウィンのかかりつけの薬師だったそうだね。コイドウィッグから、ずいぶん長旅だっただろう」

「とんでもないです」と首を振る。王は、「そんなにかしこまらなくていい」と笑った。

「弟はこのとおり悩み性で、常に辛気くさい顔をしているが、この一年ほどかな、きみのところに行ったあとだけはいい表情をするようになった。わたしのこの病気も、ぜひ治してほしいと思っている」

「精一杯務めます。……お体を拝見しても？」

「許す」

ナギが立ち上がると、フリン宰相が場所を譲ってくれた。

「失礼します」

上掛けをめくり、「服を脱いでいただいても……？」とたずねる。

「脱がしてくれ」

「かしこまりました」

ボタンをはずし、腹部をくつろげる。壮齢の男性にしては薄く痩せた体が目に入った。

「症状については、あらかじめうかがっておりますが、今一度、ご自身からお聞かせいただいてもよろしいですか？」

「ああ……。もう一年前だ。最初は普通の腹痛かと思ったんだが、あっという間に悪くなってね。あまりの激痛に、腹がちぎれて死ぬかと思った。嘔吐と下痢に血が混じって、めまいもひどくて……。峠を越したあとも腹がすっきりしないまま、頑張《がんば》っても以前の半分ほどしか食べられない」

聞くだにひどい症状で、ナギは眉をひそめた。

「お気の毒様でございました。おなかに触ってもよろしいでしょうか？」

「許す」

「失礼します」

みぞおちに指を添え、そっと押した。王の表情を慎重に見極める。

「ここが痛みますか？」

「そうだな。激痛というわけではないが、中が痛んで気持ち悪い」

「こちらはいかがでしょうか？」

「そこも痛い。……ああ、そこも……」

腹部は胃も腸も痛むようだ。背中側からも触診して、腎臓や胆嚢《たんのう》などではなさそうだと見当をつける。が、ナギは医者ではない。本来自分には無理なことをしているとわかっているだけに、冷や汗が噴き出してくる。

触診を終え、衣服を元に戻しながら、さらにたずねた。

「お食事の量が減っているとのことでしたが、冷たい水を飲んでしみると感じたことはありませんか？」

「それはないな」

「仮にそうだとしたら、どういう病気なのだ？」

クレディフ将軍が口を挟んだ。岩のように大きな体といかめしい顔つき、割れるような声のせいで、普通に話しても威圧感がある。

　ナギは彼に向き直って答えた。

「こちらの国でどのように呼ばれているのかは存じませんが、わたしの生まれたところでは胃ガンと呼ばれていました。腹の浅いところにできる悪性の腫瘍です。わたしの祖母は胃ガンを患い、食事量が減っていましたので……」

「そうか。おまえは『迷い込み』の者だったな」

　今度は宰相が思い出したように言う。彼を見て、「はい」とうなずいた。

「それで、陛下はそのイガンとやらとは違うのだな？」

「絶対にとは申し上げられませんが……」

「はっきり答えぬか」

　苛立《いらだ》ちを含んだ声音に、ナギは思わずその場でひざまずいた。ベッドの足元で黙っていたグウィンが、「将軍」とたしなめる。その瞬間まで、ナギは彼の存在を忘れかけていたが、思い出すと、すっと心が凪いでいった。

　頭を垂れ、将軍に答える。

「失礼しました。……ですが、わたしの生まれた世界では、その病気を特定するには、専門の医師の知識と専用の道具が必要でした。治すには、ナイフで腹を切り開いて患部を取り除く技術が必要です。この国にはない薬も使っていました。わたしには、それらの道具も知識も技術もありません」

「よい。ハイアルン、無理を言うものではない」

アリアン王は穏やかに言い、ナギに「立ちなさい」と命じた。

「おまえの意見を聞こう。わたしは、この病を治すにはどうしたらいい？」

「申し訳ございませんが、わかりません」と、ナギは視線を落とした。

「わたしたち薬師が扱う薬草には、陛下のようなご病気を直接、劇的に治癒させるものはないように存じます」

「つまり、おまえには打つ手がないと？」

「いえ。ご病気をたちどころに治すことはできませんが、他の病気から体を守り、お体やお気持ちを楽にすることはできるかもしれません」

ナギが答えると、王はゆったりとほほ笑んだ。

「言ってみなさい。どうすればいい？」

「では、おそれながら」と、ナギは窓に視線を移した。

「部屋のカーテンを閉め切っていらっしゃるのはなぜでしょうか？」

「光が目にしみるのだ」と王は答えた。

「光が……？」

「病気をしてから、やけに光がまぶしく感じられてかなわない。蠟燭の光でも目の前がちらつくほどだ」

「かしこまりました。それでしたら、カーテンは今のままで結構です。ただ、よどんだ空気は他の病気を呼び寄せることがあります。一日に何度かは窓を開けて、空気を入れ換えることをお勧めします」

「そうしよう」

「お会いになる皆様には、石鹸での手洗いをお願いしたいと思います」

「石鹸？」

「汚れを取り除くための薬のようなものです。これもまた他の病気を防ぎます。お体が弱っていらっしゃるときに、他の病気を引きこむのは望ましくありません」

「わかった。そのようにしてもらおう」

「お体がしんどいときは結構ですが、もし可能なら、時々軽い運動をなさってください。寝台の上で、ご無理のない範囲でかまいませんので、とくに足を動かすことが重要です。寝たきりでいることに慣れると、足腰の力が弱り、ご回復後のご活動に障りが出ます」

「心がける」

「お薬は、胃腸をすっきりさせるもの、食欲を増進させるもの、食事の消化を助けるもの、お気持ちを楽にするものなどを、他の薬師たちと相談の上、調合してご用意いたします」

「わかった」

「最後に……」とナギが言うと、王は「まだあるのか」と笑った。

「こちらのお部屋を掃除させていただいてもよろしいでしょうか？」

「掃除？」

「はい」

「それは、かまわぬが……」

「掃除が何の役に立つのだ？　第一、掃除なら毎日城の者がきちんとしているぞ」

　クレディフ将軍の言葉に、ナギは向き直って答えた。

「もちろん、普通のお掃除が行き届いているのはよくわかります。けれども、病人のための清潔を保つためには、それ以上のことが重要なのです」

「具体的には何をする？」

「チンキで部屋を消毒します。どうかお許しを」

　アリアン王は、ふっと噴き出すと、「許す」と答えた。


　グウィンとクレディフ将軍が退出したのち、ナギは小一時間かけて王の居室を磨き上げた。

　将軍の言葉どおり、掃き掃除はきれいに行われていたので、ベッド周りと床をチンキで徹底的に拭き上げた。途中、ひさびさに開かれた窓を見つけた王子たちが父王の顔を見にやってきたが、王にとってはいい気分転換になったようだ。

　王子たちが退出したのち、王は疲労を訴え、寝台に横たわった。

「こんなに明るい気分になったのはひさしぶりだ」

やはり光が目にしみると言うので、今は目元に湯で温めた手布を乗せている。だが、明るい声音だった。

「この手布もいい香りだ。本当に気分がいい」

「ローズマリーとタイムのハーブウォーターです。香りのするものが苦手でいらっしゃらないのでしたら、今度リネン用のものをお持ちします」

「頼もう」

横の執務机で書類に目を通していた宰相が、王のサインを求める。寝たままの姿勢でサインをし、王は思い出したようにたずねた。

「グウィンから、おまえの淹れる茶がとてもいい香りで癒されると聞いた。今、何か手持ちがあるだろうか？」

宰相が驚いた顔をする。食が細っていた王が自ら飲食を望むのは、実に数ヶ月ぶりのことだった。

ナギはにっこりとうなずいた。

「ございます。すぐにご用意いたしますね」

城の厨房《ちゅうぼう》へ案内してもらい、茶器を借りて、持参したハーブティーを淹れる。

「陛下がご自分から何か召し上がるなんて……！」

感激した厨房の者たちから「どうかこれも召し上がっていただきたい」と請われ、焼き菓子も数種類持たされた。

「お茶をお持ちいたしました」

貸し出されたワゴンを押して部屋に戻ると、掃除のあいだ退出していたグウィンが戻ってきていた。

王が上体を起こすのを手助けしながら、「それは？」とたずねる。

「エキナセアとレモンバーム、レモングラスをブレンドしたお茶です。レモンバームとレモングラスは胃腸の粘膜に、エキナセアは比較的どんな症状にでも効く万能薬と言われています。お好みでレモンを搾ったり、はちみつを入れたりしてお召し上がりください。こちらのお菓子は厨房からです」

説明しながらカップにそそぎ、小菓子と一緒に差し出した。

アリアン王は一口含むと、ほっと息をついた。

「さわやかでいい香りだ」

水面を見つめて言い、ナギの顔を見る。

「おまえの誠実な気性と、やさしい声や話しぶりもいい。心が落ち着く。グウィンがそばに置きたがるのも納得だ」

「え……」

最後の一言に、思わず王を見返した。どういう意味――いや、文脈からして、「薬師として」に決まっているのだけれど。うぬぼれた反応をしてしまい、頬が熱くなる。

ナギの反応にアリアン王は小さく噴き出し、背後に立つグウィンに視線を向けた。

「なんだ、まだ気持ちを告げていないのか？」

「わたしには過ぎた望みでございますので」

「臆病になっている暇はあるのか？　誰かにかっさらわれてしまう前に、覚悟を決めるほうがいい」

弟をやりこめた王は、ほがらかに笑い、ハーブティーを飲み干した。


「あのように陛下がお笑いになるのは、ひさしぶりに拝見した」

共に王の居室を辞したフリン宰相が、廊下を歩きながら、感じ入ったように言った。

「若い薬師だと思ったが、正直な物言いも、ハイアルンにも怯《ひる》まぬ心根の強さもいい。何より、ご回復後のことまで気にかけてくれたことが……薬師のおまえがご回復を信じていることが、陛下のお心を励ました。礼を言う」

「おそれいります」と、ナギは二人の後方で頭を下げた。

「陛下の前ではとても申し上げられぬことだが、わたしも胃が痛い日が多くてな。また日を改めて、わたしにも薬を選んでほしい」

「かしこまりました」

「では、また」

廊下の端で二人と別れ、かくしゃくとした足取りで去っていく。

名宰相グウィボデース・フリンの名は、コイドウィッグでも耳にしたことがあった。なんでも先王の時代から数十年にわたって治世を助けているらしい。当たりはやわらかいが、見つめられると自然と背が伸びるような、クレディフ将軍とはまた違った緊張感のある人物だった。

二人きりになると、グウィンはナギの横に並び、「時間はあるか？」とたずねた。

「はい。今日はこれで仕事は終わりです」

「ならば、少しつきあってくれ」

「はい」

彼に連れられ、王城の中を歩く。

西の端まで来ると、グウィンは木の扉を押し開け、尖塔《せんとう》の内部に入っていった。階段を上る彼に、ナギも続く。二人の足音が、延々と伸びる螺旋《らせん》階段に響く。

どれくらい上ったか、ナギの息がきれてきた頃、ようやくグウィンが足を止めた。木の扉を押し開けると、小さな空間が広がっていた。

「わ……」と、ナギは感嘆をもらした。部屋の四方に取られた窓から外が見える。丘の上に建つ城の尖塔からは、クフォイスの街が一望できた。

北のグラス、南のグウィルド、その先に連なる小さな海に至るまで、黄金の街が広がっている。家々のあわい金の屋根に太陽の光が反射してまぶしかった。

「すごい……！」

「富めるクフォイス。金のアリアン王のすべる街だ」

グウィンの声音には、国と王への誇りと敬愛、臣民への篤《あつ》い気持ちがこめられている。

「陛下と皆様の善政がわかります」

ナギの言葉に、グウィンは深くうなずいた。

「オルレウィン王家は、強力な精霊の加護をもつ人間が多く生まれる家系だ。代々、先代直系の王子、王女の中で、もっとも強く有益な精霊の守護をもった子が王位を継いできた。決定は、王族、宰相、大臣たちによって構成される議会にゆだねられる。そこでは、守護精霊の力でもっていかに国に利益をもたらせられるかが考慮される」

ナギは黙して首肯するに止《とど》めた。そういうことならば、かつてはグウィンにも王位継承権があり、兄王と同じ俎上《そじょう》で比較された結果、選ばれなかったということになる。

だが今、クフォイスの街を見下ろす彼の視線はやわらかく、穏やかだった。

「アリアンはすばらしい王だ。兄上が王位に就いたのは十二年前だが、直後から、東の山脈では金鉱がいくつも見つかった。おかげで、国庫はかつてなくうるおっている。だが、彼は金の精霊の力に驕《おご》ることなく、宰相をはじめ、臣民の言葉をよく聞き、善政に努めている」

「すばらしい方ですね」

そして、この人は本当に心から兄王を尊敬しているのだ。生まれ順だとか、守護精霊だとか、自分の努力ではどうにもならないものによって王位からはずされても恨みに思うこともないくらい。

——アリアン陛下のご病気についても、口さがない人々は、死が近くにいるせいではないかと……。

ラファンの言葉を思い出し、改めて憤りを覚えた。この人が、そして彼を守護する精霊が、むやみに人に害をなすわけがない。

「ナギ」

気がつくと、グウィンは街ではなくナギを見ていた。ナギの手をそっと取ると、指先に口づける。羽のように軽いキスだった。

「わたしがおそろしくはないか？」

顔を覗き込むようにして問われ、ナギは目を見開いた。

「グウィンさん」

「わたしが何者か、聞いたのだろう」

クフォイスでの最初の夜の出来事が、彼の耳に入っているのがわかった。ラファンが報告したに違いない。だが、それならナギの返答も同時に伝わっているはずだ。

それでも、彼はナギに答えを求めた。ナギ自身の口から、彼の耳で聞きたいのだった。そのささやかな——ささやかすぎる願いが、ナギの目元を熱くする。

握られたままの手で、彼の手を握り返した。

「他の人に聞くまでもなく、俺は、あなたを知っています」

ナギはまっすぐグウィンに向き合った。星が小さく瞬いた。

「穏やかでやさしい方です。憂い深く、頭痛と不眠が持病の患者さんです。ご身分にもかかわらず、俺の話をきちんと聞いてくださいます。そして、ご家族と臣民を心から大切に思っていらっしゃいます。理由もなく人に死を賜るような方ではありません。おそれる理由がありません」

「……ナギ……」

瞬きもせずこちらを見つめる彼にほほ笑みかけ、ナギは彼の足元にひざまずいた。冷え切った手を握り直し、指先に口づける。

「何度でも申し上げます。すべて、あなたの望まれるようにいたします」

「ナギ」

グウィンはその場にくずおれるように膝をつき、ナギを抱き寄せた。強く。耳元で、ふるえる声が呼ぶ。

「ナギ」

「はい」

「どうか、わたしのそばにいてくれ」

懇願の声音だった。そんなふうに頼まなくても、簡単にかなえられる望みなのに。たったそれだけのことを彼がどんなに切望しているかが伝わってきて、ナギの目をうるませる。

グウィンの嗚咽《おえつ》が肩にしみこんでくる。広い背に腕を回し、抱きしめ返した。

「おそばにいます」

いっそ心を切り取って、彼に差し出したかった。それで彼が安心するのなら、心臓ごと彼にあげてしまいたい。けれどもそれは不可能だから、代わりに精一杯言葉を紡ぐ。

「ずっと、あなたのそばにいます。俺が望んでそうします」

だから、そんな些細な願いを必死に求めないでいい。安堵《あんど》に泣けてしまうほど、孤独におびえなくてもいいのだ。

どれくらいそうしていただろう。やがて嗚咽が収まると、グウィンは「ありがとう」とささやいた。立ち上がり、ナギの手を取って立たせてくれる。目元はまだ赤かったが、すっきりとした顔だった。あわくほほ笑み、窓の外に視線を向ける。

「兄上の子供たちは、まだ王位に就ける年齢に達していない。もし万が一、不測の事態に陥れば、わたしが摂政に任ぜられるだろう。ただでさえ、死の精霊の力は強大だ。加えて、このところ東国ドゥイラインが軍拡を進めているという報告もある。臣下たちの中には死を望む声もあるが、わたしはそれを望まない。この国に必要なのは死の恐怖ではなく、平穏なる繁栄だ。どうか、兄上を助けてほしい」

しっかりとした口調だった。もういつもの王弟グウィンに戻っている。それがほんの少しさみしいと感じるのは罪だろうか。

静謐で理性的な彼ももちろん好きだが、強固な自制と風格ある姿の下に秘められているやわい部分を見せられると、ナギは彼が愛おしくてたまらなくなるのだった。自分を、人間としてのナギを必要

とされていると実感できる。だから、こうして彼が王弟としての威厳を取り戻すと、彼が求めているのはあくまで薬師としてのナギなのだと、一線を引かれたように感じてしまった。勝手な、ナギの願望だけれど。

彼の横顔から視線をはずし、ナギもまたクフォイスの町に目を向けた。

正直なところ、薬師としての自分には自信がない。ナギは何の力ももたないただの人間だ。それも、新米で、知識も乏しく、守護精霊の加護ももたない。

けれども、ただ彼の願いをかなえたいがためにうなずいた。

「精一杯務めます」

5

海からの湿った風が、クフォイスの街を通り抜ける。六月。クフォイスは、ちょうど日本の梅雨のような季節を迎えていた。雨はさほど多くはないが、じめじめと湿度の高い日が続いている。

「ナギはいますか？　ガルシェックも」

「え」

「カンフォール様……!?」

薬局の裏口から顔を出した人物を見て、薬局内にいた人々がいっせいにひざまずいた。

大神官長カンフォールである。

歴代大神官長の中でも気さくな人柄で知られる彼は、時折こうして前触れもなく人前に現れては、信者たちを驚かせるのだった。

ナギもあわてて腰を落としたが、「早くおいでなさい」とうながされ、立ち上がった。

「すみません。ちょっと出てきます」

バーシルとフィサリスに調剤と接客を頼み、裏口から大神殿の回廊へと出る。

「お待たせしてすみません」

「何かございましたか？」

ガルシェックがたずねると、カンフォールは先に立って歩き出しながら、「お客様です」と答えた。

「客……？」

「あなた方が心待ちにしていたお客様ですよ」

そう言って、いたずらめいた表情を見せる。

よくわからないまま、彼に連れられ、大神殿の応接室のひとつに入った。ガルシェックの背後で、ナギは目を見開いた。

あざやかな青が目の前にあった。

南国の海を思わせる、美しいセルリアンブルーに染め抜いた布地に、色味の違う青の刺繍。見たこともない異国の衣装に身を包んだ男が三人、応接室のソファに座っている。横に立っていたクレディフ将軍が、ナギたちに視線を当てて言った。

「来たか。ウィント、薬師のガルシェックとナギだ」

ウィントと呼ばれた男は、洒脱《しゃだつ》なそぶりで手を差し出してきながら、自ら自己紹介した。

「風の民の長、ウィントだ。よろしく」

「薬師長のガルシェックだ」

「薬師のナギです。よろしくお願いします」

ガルシェックに続いて彼の手を取りながら、風の民、と心の中で呟く。

クフォイスに来てから、噂だけは聞いたことがあった。風の精霊を守護とする人々の集団で、風の馬や海風を自在にあやつり、交易において重要な一角を担っている一団だ。彼らは国籍もバラバラで、定住する土地ももたない。代わりに、風のような自由と莫大な資産、おそるべき人脈をもっている——。

「若いな！」

——というのが、ウィントのナギに対する感想だった。戸惑いつつも頭を下げる。

「若輩者でおそれいります」

「いいって。優秀だってこったろ。オレも若いし、気にすんな」

飄々《ひょうひょう》と流した彼は、「早速だが」と言い、床にあった木箱をドン！　とテーブルに上げた。置いてあったコップがカタンと揺れる。クレディフ将軍が眉をひそめた。

「お望みのものを持ってきた。確かめてくれ」

——お望みのもの。

言われて、はっと箱を見た。ガルシェックと顔を見合わせる。彼が、慎重に木箱の止め金具をはずした。

木箱は簡素なものだったが、中には丁寧に布張りがされていた。中央のくぼみに、膨らんだ草の根のようなものが数本入っている。

「なんだ……イモか？」

思わずといったように将軍が呟いた。

「——いいえ、人参《にんじん》です」

「ニンジン？　野菜のか？」

「いえ、これは薬草で……」

答えながらもナギはそれから目が離せなかった。ふるえるような気持ちで凝視する。

膨らんだ根の上部は、野菜のニンジンによく似ていた。だが、色はごくあわいオレンジで、下部は複数に枝分かれし、細根がもじゃもじゃと生えている。一度だけ、母の知り合いの漢方医に見せてもらったことがある、生の高麗《こうらい》人参に酷似していた。

「失礼」

ガルシェックが部屋から駆け出していく。薬草の本を取りにいったのだろう。

大神殿の薬局には、この国には自生しない薬草に関する異国の本も収められていた。ナギはその中の華の薬草辞典で人参を見つけ、探してくれるよう、ガルシェックとグウィンに頼んだ。その結果が、目の前の草の根だ。

「この、根の上の部分はありませんでしたか？」

ナギがたずねると、ウィントは「ないね」と片手をひらめかせた。

「華の薬草市場では、だいたいこの形か、細根を切り落として乾燥させた形で取り引きされてる。上がどうなってるのか、見たこともないな」

「そうですか……」

人参は地上部——とくに花と実が特徴的だ。それがあれば、ナギも確証がもてたのだが。

「おい、まさか疑ってるのか？　確かにあんたの書いたメモを見せて、華の薬師から買ったものだぜ」

ウィントが心外そうに鼻を鳴らした。ナギはあわてて頭を下げる。

「すみません、そういうわけではありません。ただ、わたしも人参を見るのはこれが二度目で……」

「見たことがあるだけすげぇと思うけどな。普通知らねぇぜ、こんな根っこ」

ウィントは無造作に人参をつまみ上げた。

「これが、あんなに高価だとはな……。値段聞いたときには騙されてんのかと思ったぜ」

「……参考までに、おいくらですか？」

おそるおそる聞いてみた。ウィントがニヤッと口元をゆがめる。彼が口にした価格に、将軍が目を剝《む》いた。ナギの給料にして、およそ五年分だ。

「ぼったくりだろう！」

宮廷人らしからぬ言葉を吐いたクレディフ将軍を、ナギはなだめた。

「待ってください。……それは、あなた方の仕事を加味してのお値段ですね？」

「そういうことにしといてやってもいいぜ」

「……そうですか……」

ナギは考えこんだ。

確かに高い。法外な値段だ。だが、それがアリアン王を、この国を救う値段だとしたらどうだろうか？

そうこうしているうちに、ガルシェックが華の薬草辞典を持って戻ってきた。辞典の人参の絵と照らし合わせ、本物だろうという判断に至る。もし間違っていたら莫大な損失だが、買ってもいない商品を齧《かじ》って確かめるわけにもいかない。

「どうするんだ？」

ウィントがどうでもよさそうに催促する。ナギは脂汗で滑る手を握った。

本物か。これはアリアン王を救う薬になり得るのか。いや、たとえこれが偽物でも、ナギが五年ただ働きをすれば補えるのだ。毒がないかは、買い取ったあとにナギが確かめてみればいい。それならば、賭けてみるのもいいのでは――。

「買うがよろしい」

「え……っ？」

突然の発言だった。カンフォールの言葉に、ナギも、ガルシェックも、将軍までもが、あっけにとられて彼を見た。

ガルシェックがおそるおそるたずねる。

「カンフォール様は、人参を見たことがおありで……？」

「ありません。が、それは本物でしょう」

「へえ。どうして？」

ウィントが面白そうに身を乗り出した。

「人参の精が、たった今、ナギの額にキスをしたからです」

カンフォールの言葉に、再び全員が愕然《がくぜん》とした。今度は皆がナギを見ている。ナギは思わずキスされたという額を押さえた。

この世界の人々は基本的に精霊の姿をはっきり視たり、彼らと直接交信したりすることはできない。だが、ごくごくわずかにそういう能力をもった人間がいる。それが神官だ。その長たるカンフォールが言うのだから間違いではありえなかった。

ウィントにまで穴が空くほど見つめられ、ナギは視線をさまよわせた。助けを求めるようにカンフォールを見る。

ようやく我にかえったガルシェックが、視線をウィントに戻した。

「……失礼。こちらの人参、いただこう」

「あ？　ああ、じゃあ、商談成立だな」

ウィントがガルシェックに手を差し出す。次いで、ナギにも握手を求めた。

「なんだかよくわからんが、おまえさんのおかげで話がまとまったぜ」

「いえ。いい人参をありがとうございます」

「おう。また必要だったら言ってくれ。なんなら乾燥したやつも買い付けられるぜ」

ひらりと手を上げて笑うと、ウィントは部下の二人を従え、クレディフ将軍と部屋を出ていった。薬の支払いは王宮もちだ。

ナギは深く肺から息を吐き、テーブルに残された人参を見下ろした。

「いい薬が手に入ってよかったですね」

カンフォールが穏やかに言う。ナギは彼を見た。

「あの……さっきのお話は……」

「人参の精のことですか？　嘘ではありません。人参を求めているナギに祝福をくれるのですから、まず本物でしょう。万一違っていたとしても、悪いものではありません」

では、と軽やかに言い、カンフォールも部屋を出ていった。

「これが『精霊の愛し子』というやつか……」

感じ入ったようにガルシェックが言い、ナギを見つめる。ナギは困って、あいまいな笑みを浮かべた。

『精霊の愛し子』というのは、大神殿の大神官たちがナギにつけた名だった。『迷い込み』のナギは、特定の守護精霊をもたない。それらを感じる力もない。だが、だからこそだろうか。ナギはどの精霊からもまんべんなく愛されている――らしい。当のナギにはそれを確かめるすべもないのだけれど。

大神官たちが言うには、すべての精霊に愛されているがゆえに、ナギが世話をすれば薬草園は豊かに繁り、彼の調合する薬はよく効くのだそうだ。現に、アリアン王の容態は、ナギが投薬に加わるようになってからゆるやかに回復のきざしを見せている。普通は、大神官たちでさえ、複数の精霊の寵愛を受けることはできないのだが――。

――と、大神官たちが声をそろえて言うものだから、話が広まるにしたがって、大神殿や宮廷でのナギの立場は一変してしまった。

職場こそ変わらず大神殿の薬局に勤めているものの、今では宮廷で病を患ったとなれば、大神官の次に呼ばれるのはナギである。病気でなくとも、やれ腰が痛いだの、それ頭が痛いだの、月のものが重いだの、何かと理由をつけては呼び出された。最近では、ただ彼のブレンドしたハーブティーが飲みたいからという理由だけで茶会が開かれることも少なくない。自分は、守護精霊をもたない『迷い込み』のナギであったときから、何一つ変わっていないのに――。

「まさにひっぱりだこだね」

フィサリスが少々気の毒そうに苦笑を浮かべて言った。医薬師の館での朝食時だった。

年の近いフィサリスとは、同僚の中でもとくに親しくなっていた。よく話をするので、彼はナギの戸惑いも理解してくれている。その上での軽口に、ナギもやんわり苦笑を返した。

「ありがたいことだし、皆さんに清潔を心がけてもらえるようになったのはいいことだと思うけどね。薬師として他にするべきことがたくさんあるのに申し訳なくて……」

「ナギのしていることも薬師の仕事なんだから気にしなくていいのよ。あなたが頻繁に宮廷に上がるおかげで、貴族の皆様にも清潔の意識が広まってきているわけだし」

バーシルがなぐさめるように言ってくれる。

「まあでも、忙しすぎるのは困るよね。恋人を取られて、白の殿下はご機嫌を損ねてない？」

フィサリスが肩をすくめてそんなことを言い、ナギはあやうく紅茶を噴き出しそうになった。

口元をぬぐいながら、彼を睨む。

「ないよ。あの方は大人だし……だいたい、恋人なんかじゃない」

「えっ⁉」

「えって……」

今まで黙って食事していたガルシェックにまで驚いた顔を向けられ、ナギは困惑した。もっとも、彼のほうも困惑の表情だったが。

「あの気難し屋で人間嫌いの殿下が、ナギに会うためにわざわざコイドウィッグまで通ってらっしゃったって聞いたけど？」

「それは、だって、俺は薬師ですし……」

「普段せいぜい唇をゆがめる程度にしか笑わない殿下が、ナギには人が違ったようにやさしくほほ笑むのを見たよ」

「うーん……？」

「噂はともかく、一番頻繁にナギを呼び出しているのは、間違いなく殿下だな」

ガルシェックにとどめを刺され、ナギは真っ赤になってしまった。

「……恋人かどうかはともかく、ナギが殿下を大好きなのはよくわかった」

気の毒そうな顔をしたフィサリスが、ナギの肩をぽんと叩く。

「より溺れてるのは、殿下のほうな気がするけどね」

「そんな……」

とんでもない、と、首を横に振る。

「第一、殿下と俺じゃ、とても釣り合わないよ」

「そうかしら。あの方は身分なんて、はなから気にしていらっしゃらないと思うけど」

「それに、あの薬が効いたら、ナギの評判はますます上がるよ」

「それこそ薬師としてもな」

三人が口々に言った。

華から取り寄せられた人参は、ガルシェックとナギの手で蒸したのち乾燥させ、煎じて、今日からアリアン王に投薬されることになっている。

顔つきを改めて、ナギは言った。

「俺の評判よりも、陛下のために、効いてほしいと願っています」

「それはもちろん」

三人が首肯する。

グウィンの口添えがあって買ってもらえた高価な薬だ。ひょっとすると、王の今後を左右するかもしれない。今日の登城と投薬はガルシェックの予定だったが、本音を言えば、すぐそばで効果を見たかった。


果たして、華からもたらされた人参は、驚くべき効果を発揮した。

人参の薬効は多岐にわたるが、病中の疲れを癒し、胃腸をはじめとした内臓のはたらきを助ける力もあるという。

元々ゆるやかな回復傾向にあったアリアン王は、人参を飲んだ次の日から、はっきりと食事の量が増えた。三日めには一日上体を起こして過ごせるようになり、四日めには自らの足でバルコニーに立った。五日めには再び体調をくずされたが、六日めにはまた回復した。

七日め、風の民の支援を受けた国の貿易船が、人参を求めて華へと使わされた。薬局には公式に褒美が下され、ナギは薬師たちは元より大神官たちからも祝福を受けた。

「わたしからも、個人的に礼を贈りたい。土地でも、宝石でも……何かほしいものはないか？」

グウィンに招かれた夕食の席でたずねられ、ナギは首を横に振った。

「俺は、薬師としてするべきことをしたまでです。陛下のご回復がなによりのご褒美ですし、薬局としてもすでに人参を買っていただいています。お食事にまでお招きいただいて……もう充分していただいています」

ナギの言葉に、彼は星の瞳をゆったりと細めた。彼をふちどる空気がまろい。彼の憂いをひとつ取り除けたのかもしれないと思うだけでうれしくなる。ナギは頬を染め、はにかんだ。

「ナギ？」

「いえ……」

「どうした？」

「その……俺にとっては、あなたがそんな顔をしてくださることが、なによりうれしいので……」

どう言葉を選んでも恥ずかしい。真っ赤になりながらナギが言うと、グウィンはわずかに目を瞠《みは》り、紅茶に落とした砂糖が溶けていくようにほほ笑んだ。

「愛らしい、わたしの薬師。慎ましいのはおまえの美徳だが、それではわたしの気がすまない。何かないのか？　したいことでも、行ってみたいところでも」

「ええと……」

本当はひとつだけ、思いついたものがある。けれども、言ってしまっていいのだろうか。

「ナギ？」

甘やかす声音に背を押された。それでも彼の目を見ては言えなかったので、視線を落とす。

「……でしたら、あなたのお時間を少しだけ……」

「時間？」

ふしぎそうにグウィンが聞き返す。ナギは「はい」とうなずいた。

「お忙しいとわかっているのにすみません。でも、今後も、時々でいいんです。食事も俺が用意します。ですから、こうして一緒に過ごすお時間をいただけたら……」

「ナギ」

深い声に呼ばれて、視線を上げる。瞬く銀の星が、とろけるような熱をたたえ、ナギを見ている。

彼は何かに耐えるように眉を寄せ、幸福にほほ笑んだ。

「もちろんかなえよう」


その言葉のとおり、数日後、ナギは再びグウィンに城へと呼ばれた。

「殿下は、ここ数日眠りが浅いとおっしゃって……。お心をやわらげる薬をご所望です」

ラファンからそう聞かされ、ナギは朝収穫したばかりのラベンダーと精油を鞄《かばん》に詰めて城へ上がった。

「先日食事をご一緒したときには、いつもよりリラックスしていらっしゃるくらいだったんだけど、何かあったのかな？」

道すがらたずねてみたが、ラファンも「さあ……」と首をひねるばかりだ。

顔を見るまで気を揉んだが、人払いした居室でナギを迎えたグウィンは、先日と変わらず穏やかに見えた。

「こんにちは。お加減はいかがですか？」

「おまえの顔を見たらよくなった」

冗談を口にしてナギを笑わせ、部屋の中へと招く。

「すまない。眠れないのは本当だが、今日はおまえに見せたいものがあった。そちらのほうが本題だ」

「俺に見せたいものですか？」

「そうだ。おいで」

ナギの背に手を当ててうながすと、彼は居室の奥の扉を開けた。寝室や手洗いとは反対側の、真新しい扉だ。こんなところに扉があったっけと、ふしぎに思いながらついていく。

通されたのは、初めて入る部屋だった。メインの居室に比べるとやや狭いが、窓は大きく天井まで取られていて、まぶしい日差しに満ちている。窓辺に二人がけのテーブルセットがあった。手前の日の当たらない場所には、本棚と書斎机が置かれている。いずれも小ぶりだが、趣味のいいしつらえだった。

ナギは隣のグウィンを見上げた。

「ここは……？」

「おまえの部屋だ」

「えっ!?」と、思わず声をあげた。グウィンは、彼にはめずらしく、いたずらが成功した子供のような顔でナギを見ている。

「本当はおまえの住まいをこちらへ移してしまいたかったのだが、神官たちに反対されてな。あれらも、精霊たち同様、おまえを手放したくないと見える。せめてもと思い、部屋を作った」

　驚きすぎて声も出ない。ナギは、手渡された鍵を呆然と見つめた。

「こちらの扉はわたしの部屋につながっているが、廊下からも出入りできる。その扉は水回り、隣はクローゼットだ。城に来たときは自由に使ってくれてかまわない」

「あの……本当にいいんでしょうか？　お城にこんな……」

　グウィンはこともなげにうなずいた。

「元々城のこの一角は、わたしが自由に使っていいことになっている。今回は念のため、兄上らにも了解を取った。安心して使うといい」

「……ありがとうございます」

　手の中の鍵を握りしめた。

　確かに彼と過ごす時間がほしいとは言ったが、まさか、こういう形でかなえてくれるとは思っていなかった。目に見える空間として、彼の隣に居場所を与えられたのだ。ナギの望みに、これ以上ない形で応えてくれたグウィンの気持ちはとてもうれしい。

　だが、王城によそ者の――それも一介の庶民にすぎないナギの部屋を作るために、彼はどれほどの無理を通したのだろうか。アリアン王や王族方、側近たちがどう思ったかを想像すると、畏れ多さのあまり、めまいがしそうだった。

「荷物を置いてきなさい。まだもうひとつ、見せたいものがある」

そう言うと、グウィンは一度自室に戻り、廊下に出た。一階へ下り、自室の真下に当たる扉を開ける。

そこはこぢんまりとした簡素な部屋だった。四畳半ほどの広さに、白木の棚と籐椅子がひとつ置かれているだけだ。

「靴はここで脱いでくれ」

「はい」

部屋の入り口で靴を脱ぎ、裸足になった。奥にある引き戸をグウィンが開ける。と、もうもうと湯気があふれ出してきた。

「え……っ」

まさか、と思う。グウィンが、「ここへ来て、中を見てごらん」と言った。中を覗いて、息をのむ。

そこは広々とした浴室だった。床は大神殿と同じ白大理石、アーチを描く天井と壁は装飾タイルで覆われている。床に埋め込まれた浴槽も大理石でできており、中にはたっぷりと湯が張られていた。

「グウィンさん、これ……」

「おまえに聞いたとおりに作らせたつもりだが、これで合っているだろうか？」

「ええ」とうなずいた。今日は彼に驚かされてばかりだ。

「すごい、立派なお風呂です」

「そうか。よかった。以前から、おまえを風呂に入れてやりたいと思っていたんだ」

満足げに言う彼の顔を、思わず見上げた。

「まさか、これも俺のために……？」

彼は慈愛のこもった瞳でうなずいた。

「いつもわたしたちに極上の癒しとやすらぎを与えてくれる、愛しい薬師に」

もはやどんな顔をしたらいいのか、今どんな顔をしているのかもわからなくなり、ナギはうつむいた。

「ありがとうございます。うれしいです」

とりとめもない会話の中の風呂の話を、彼はちゃんと覚えていてくれた。ナギの望みをかなえようとしてくれる、彼の気持ちがうれしくてたまらない。

「今から入るか？」と聞かれ、ナギは笑った。

「日の高いうちからお風呂なんて、とんでもない贅沢ですね」

「かまわない。おまえのものだ」

「俺の好きにしていいんですか？」

「もちろんだとも」

うなずく彼に、ナギは目を輝かせた。確かに、自分も今すぐ飛び込みたいくらい入りたいのだけれど、でも、それ以上にしてみたいことがある。

「それでは、どうかまず、グウィンさんの入浴のお手伝いをさせてください」

「何？」とグウィンが聞き返した。

「あなたに風呂の気持ちよさを知っていただいて、どれほどすばらしい贈り物をくださったか、是非実感していただきたいんです」

グウィンは一瞬戸惑った表情を見せたが、「わかった」とうなずいてくれた。

ナギがラベンダーの精油と石鹸を用意しているあいだに、メイドがグウィンの着替えと浴室用のリネンを持ってくる。

「先に入って準備していますね」

断って服を脱ぎ、ナギは上下とも薄い下着姿になった。

ふと視線が気になって、グウィンを見る。と、目が合った。銀の瞳が、ナギの知らない熱をはらんでいるように見え、思わず赤面してしまう。男同士、しかも、ナギは彼の入浴を手伝うだけだ。恥ずかしがることなどないとわかっているのに。

「グウィンさんは、服を全部脱いで入ってきてください」

「ああ」

彼の視線から逃れるように、足早に浴室に入った。

湯船に精油を落とすと、浴室中にラベンダーの香りが広がる。いつもは落ち着くその香りが、やけに甘く肌にまとわりつき、ナギは緊張しながらグウィンを待った。

やがて、衣服を脱いだグウィンが、腰に布を巻いた姿で入ってきた。とくにそうしてほしいと頼んだわけでもないのだが、人が羞恥を感じる部分と対処のしかたは、どこの世界でも同じようだ。とはいえ、グウィンの体はどこも隠す必要がないほど美しかった。真っ白な肌。均整の取れた美しい骨格……。

「ナギ？」

名を呼ばれ、我にかえる。かーっと顔が朱に染まった。ドキドキと走り出す鼓動を抑え、視線をそらす。不躾《ぶしつけ》ではなかっただろうか。

「すみません。どうぞこちらへ」

グウィンを浴槽の横に座らせると、手桶を使い、彼の体に湯をかけた。足元から徐々に上半身へ。あらかじめ湯温は確かめてあるが、念のため聞いておく。

「湯加減はいかがでしょうか？」

「ちょうどいい」と、グウィンは言葉少なだった。

「それでは、体を洗っていきます。気になることがあったら、なんでもおっしゃってください」

用意されていたラベンダーの石鹸を手布に取って、グウィンの体に滑らせた。薄い肌を傷つけないよう、力加減に気をつけながら洗っていく。

太い首。幅のある肩。広い背中。長い手足。雪のように白い肌の下には、きれいに筋肉がついている。

トクトクと心臓は速く打っている。高揚の中、ナギは、彼の手にあるまめのことを思い出した。今はクフォイス城でアリアン王の代理を務めている彼だが、以前は旅に出たり、領地の城にこもったりしていることのほうが多かったのだそうだ。なるべく人目の多いところは避けたかったのだと彼は言った。孤独を好むわけではないが、孤独を望まざるをえない。一人きりで放浪するために鍛えられた体なのだった。

彼の孤独をいたわり、泡で包んで流すように、ナギはやさしく全身を撫でた。

「すみません。前は、どうかご自分で……」

石鹸を付け足し、手布を差し出す。グウィンは「わかった」とそれを受け取り、体を洗った。「流しますね」と声をかけ、湯で流す。

「髪も洗いますから、前へかがんでください」

グウィンがその姿勢を取ると、ナギは髪にも湯をかけた。

美しいシルバーブロンドは、見た目よりずっとやわらかだった。水に濡れると、根本の薄墨色が濃くなる。その指通りを楽しみながら、石鹸をつけた手で、髪と地肌を丁寧に洗っていく。

リンパマッサージ師の資格ももっていた母に、マッサージも習っておけばよかったと思った。そうしたら、もっと彼を気持ちよくさせてあげられたかもしれないのに。

せめてもと心をこめて頭を洗い、乾いた手布で軽く拭いた。

「のぼせたりはしていませんか？」

「大丈夫だ」

「でしたら、湯船へどうぞ。ゆっくりあたたまってください」

うなずいた彼が浴槽へと移動する。

「お手を……」

右手だけ湯から出してもらい、ラベンダーのオイルでマッサージを施した。あいかわらず、肩は張っている。

唐突にグウィンが「まずいな」と呟いたので、ナギは思わず手を止めた。

「何かありましたか？」

「天国を覗いているようだ……」

魂が抜けそうな口調で言うから、笑ってしまう。ハンドマッサージを再開しながら、ナギも軽口を叩いた。

「だから言ったでしょう。すごく気持ちいいんですって」

「ああ。この世にこんな快楽があったとは……もっと早くから試せばよかった」

「気に入っていただけてなによりです」

左手に替え、こちらもじっくりとマッサージした。

浴室に心地よい沈黙が落ちる。まるで天井のしずくのように。

「眠れない理由を、うかがってもよろしいでしょうか？」

ナギが切りだすと、グウィンは閉じていた目をぱちりと開けた。じっと天井を眺めると、再び目蓋を閉じてしまう。ため息をひとつ。自由な右手で湯をすくい、顔をこすった。

「……気がかりなことはいくつもあるが」と、彼は重い口を開いた。

「これから告白することは、どうか、愚かな男の独り言だと思って聞き流してほしい」

彼は思慮深い人ではあるが、臆病ではない。めずらしい言い回しに、ナギは首を横に振った。

「あなたは愚かなんかじゃありません」

彼は「ありがとう」と、ほほ笑んだ。言葉を探しながら話しだす。

「……わたしは死に愛された人間だ。そこにいるだけで人を死に至らしめる、名を呼ぶだけで不幸になると、陰でさんざん言われてきた」

聞いてはいたが、なんてひどい。ナギはきゅっと唇を嚙《か》んだ。

たとえ死の精霊に守護されていようとも、そこにいるのはグウィンという人間だ。彼の人となりを知っていれば、軽々に人を殺めるような人ではないとわかるだろうに。この人は、今までどれほど傷つきながら生きてきたのだろう。

彼の手を握りしめると、グウィンは口元でほほ笑んで、ナギの手を握り返してくれた。

「恋も結婚も遠ざけてきた。わたしのような男には、そんな資格はないのだと思っていた。そもそも、様々なリスクと天秤《てんびん》にかけてもそばにいてほしいと思えるほど、わたしと深く知り合おうとする者もいなかった。それでよかった。万が一にも、死の精霊のために愛する人を失うことなどあってはならない。そうならないためには、生涯一人でいるのがいいと思っていた」

　ナギは最後まで黙って聞くつもりでいたが、思わず「そんな」と声をあげた。

「そんなことはありません。あなたはもっと多くの人に愛されるべき方です」

「そう言ってくれたのは、身内以外ではおまえだけだ。ナギ。心やさしいわたしの薬師」

　すっかり止まってしまったナギの手を、グウィンはほんのりと血色の差した指で撫でた。そのやさしさに泣きそうになる。

「おまえといる心地よさを知ってから、ずっとそばにと望んでいた。だが、おまえをクフォイスに迎えれば、いずれ今のようになることもわかっていた。おまえはやさしく、心根も姿も美しい。今や『精霊の愛し子』と呼ばれ、神殿にも宮廷にも、おまえを愛する人は大勢いる。おまえがこの地でも幸せでよかったと思っているのは本当だ。だが、一方で、あのまま森の村に隠しておけばよかったと思うわたしもいる」

　苦しげな声音だった。ナギは彼の手を握りしめてうなずいた。

「あなたがそう望まれるなら、俺は今からでもコイドウィッグに戻ります」

　グウィンもまた首を横に振った。合わない視線は、ただ天井を見つめている。静かに、穏やかに。孤独と諦めに慣れてしまった人の表情だった。

「おまえは皆に必要とされている。もちろん、わたしもだ。だが、死に取り憑かれたわたしなどより、おまえを幸せにできる人間はたくさんいる。だから、わたしがおまえの気持ちや行動を縛ることは、あってはならないと考えていた。たとえ、おまえが誰かに心を奪われても、祝福せねばならないと、自分に言い聞かせてきた。……だが、わたしにとっては、きっと一生に一度の気持ちだ。おまえを縛ることはしない。ただ、どうか、この気持ちを伝えることだけ、許してほしい」

　輝く銀の瞳がナギを見た。抑えきれない情熱が、星のように燃えている。その奥にちらつく孤独とおそれ。それでも、彼はナギに請うた。

「ナギ。どうか、許す、と」

　抱きしめたい衝動にかられながら、ナギはほほ笑み、うなずいた。

「おっしゃってください。うかがいます」

　その瞬間、彼は絶望したかのように目を伏せた。まるで許されたくなかったとでも言うように。

　だが、覚悟を決めたように息を整えると、ナギの手を引き寄せ、うやうやしくその甲に口づけた。

「愛している」

「――」

　息を詰めた。想像はしていたけれど、それよりずっと重い言葉だった。だが今、ナギの心をふるわせているのは、間違いなく歓喜だ。

　涙をこらえ、幸福にふんわりほほ笑んだ。

「ありがとうございます。俺もお慕いしています……ぅわっ」

　言うが早いか、手を引かれ、湯船の中に引っ張り込まれた。

ざぶんと湯が揺れ、浴槽からあふれ出る。ラベンダーの香る湯の中で、グウィンの力強い腕がナギを抱き寄せた。

「ナギ……」

顎をすくわれ、口づけられる。溺れる人ががむしゃらに呼吸を求めるように。角度と深さを何度も変えながらむさぼられる。泣き笑いでそれを受け止め、ナギは懸命に応えた。

「……っ」

やっと口づけが解かれたときには、すっかり息が上がっていた。あたたかな湯の中でたゆたいながら、恋人になったばかりのグウィンを見つめる。濡れた銀糸、星の輝く銀の瞳。こんなときですら、彼の表情には翳りがある。それでもなお、明るい光の中で見る彼は、全身が白く光っているかのように美しかった。

この愛おしい人を抱きしめることを許されている。今この瞬間、ナギだけが。なんという幸福だろう。

言葉はなく、だが、それが当然のように、二人、再び抱き寄せあった。

「あ……」

向き合った体勢で密着すると、互いの昂《たかぶ》りは隠しようがなくなった。ナギのそれがグウィンの腰に当たっている。恥ずかしかったが、それ以上に、自分の会陰を押し上げてくるグウィンのそれが、あまりに雄々しくたくましかったので、ナギの羞恥はそちらに集まった。同性だからこそ、彼の欲情がいかほどか、赤裸々にわかってしまう。

「怖いか？」と聞かれ、ナギは首を横に振った。今まで、彼について同じ質問を何度もされたが、答えは常に同じだった。グウィンを怖いと思ったことなど一度もない。

――すべて、あなたの望まれるようにいたします。

ふわふわと湯の中で肌にまとわりつく布が、かえって淫靡《いんび》に感じられた。浮いた下着の隙間から、グウィンが手を差し入れてくる。

「あ……！」

直に触られ、彼の長く美しい指を思い浮かべる。いつもひんやりとしている手が、あたたかかった。

浮力を借り、彼に体を預けながら、ナギは唇を小さく嚙んだ。浴室の高い天井には、艶めいた声が大きく響く。女性でもないのに恥ずかしかった。

「やめなさい。唇が切れてしまう」

黙って首を横に振ると、「ナギ」と甘ったるい声にうながされた。

「おまえのかわいい声が聞きたい」

「……グウィンさん……」

名前を呼ぶと、褒めるように唇を啄《ついば》まれる。キスの甘さに、ナギはうっとりと目を閉じた。

「あ……、……っ」

大きな手が、これ以上やさしくできないほど、そっとナギの屹立《きつりつ》を包み込む。同時に秘所に触れられて、ナギはグウィンの肩口に額をこすりつけた。

「あ、……あぁ……ん……」

彼の指が、慎ましく閉じた窄《すぼ》まりを押してくる。ふちを少しずつ押し込まれると、奥の内臓まで動くような、重くもどかしい感触がした。

不快ではない。でも、気持ちよくもない——はずなのだけれど、同時に前をゆるゆるとあやされると、前後の快感を混同してしまいそうになる。グウィンの甘い声が耳元で「気持ちいいな」とささやくから、なおさらのこと。

「あっ、んん……！」

もしかしたら、本当に気持ちいいのかもしれなかった。指が一本入ってきても、違和感はあるが、痛みはない。最初は小刻みに揺らされるだけだった指は、次第に大胆に中をまさぐるようになり、長い時間をかけて、もう一本指を迎え入れるための道筋をつけた。

「あっ……！」

二本に増えた指は、明確な意思をもってそこを拡《ひろ》げた。指を開かれると湯が中まで入ってきて、ナギは禁忌の感覚に下腹をふるわせた。

「あ、だめ、お湯、入って……っ」

「ああ……。だが、湯の中のほうが体は楽だろう？」

グウィンの上、湯にたゆたうようにして抱かれている。確かに、あたたかさと心地よさで、体はほぐれているかもしれない。けど。

「あ……、ん、ん、入る、入る……っ、あ、ダメ……っ」

「それなら、指でふさごうか」

あくまで穏やかに彼は言い、拡げた人差し指と薬指のあいだを埋めるように、中指を押し入れてきた。

「んっ……あっ！　あ、ひ……っ」

圧迫感に背をふるわせる。その拍子に中の指を食い締めてしまい、衝撃に、ナギは腰を撥《は》ねさせた。

「大丈夫。じょうずに呑み込めている」

彼の低く甘い声にささやかれると、媚薬《びやく》を耳から流し込まれたように体は熱くなり、媚肉は自らさざなみ立つ。もう三本そろえて抜き差しされても、バラバラに動かされても、そこは従順に、うれしげに、グウィンの指を受け入れた。

「おまえは、体も素直でかわいい」

「はっ……、グウィンさん、もう……っ」

「そうだな。立てるか？」

浴槽のふちにすがるような体勢で、腰だけを彼に引き寄せられた。秘部を彼の前にさらけ出すあられもない体勢が、忘れかけていた羞恥を呼び起こす。だが、それを押さえつけ、ナギはすべてを彼にゆだねた。

十七でこちらの世界に来たナギは、性的な経験はキスさえもない。ましてや男を喜ばせるすべなど知るよしもなかった。抱かれる側でよかったと思う。こうして、すべてを差し出すことは、何も知らないナギにもできる。

「ナギ……」

グウィンは、マッサージに使っていた香油の壺に指をひたし、したたるそれを、ナギの中に塗り込んだ。ラベンダーが華やかに香り立つ。

「……っ、あ……！」

グウィンはナギの秘所に剛直を押し当てたが、無理に押し入ることはしなかった。触れあわせたまま、ナギのそこが自ら受け入れる瞬間を待っている。

ナギの屹立に手を回し、ゆるゆるとあやすように愛撫《あいぶ》する。今まで触れていなかった胸のとがりに、もう片方の手で触れた。くすぐったいような、あわい快感がそこにも灯《とも》る。

「グウィンさん……」

「ナギ……ナギ、愛している……」

耳にそそがれるグウィンの声は、甘く、だが、どこか苦しげで、ナギは何度もうなずいた。

「俺も、あなたを愛しています」

孤独な彼を包んであげたい。ひとつになって、体の一番奥深いところで抱きしめて、愛していると教えてあげたい。

「グウィンさん」

入れて、とは、恥ずかしくて言えなかった。けれども、代わりに窄まりがひくついて、どうぞ中へ、と、彼を誘う。

「あっ、ん……、ん、――あ！」

前をこすられ、そちらに意識を取られた一瞬、彼の亀頭が肉の輪を越えた。

「あ……、あ、あああ……っ」

心が開かれているからか、ナギの体は素直に、従順に、グウィンを受け入れた。意識したこともなかった間隙《かんげき》を、彼の剛直が埋めていく。その圧倒的な熱量は、同時にナギの心も埋め尽くした。

十七でたった一人、この世界に放り込まれた。コイドウィッグの人々は親切だったが、自分だけが異邦人だという孤独を消し去ることはできなかった。今もそうだ。「精霊の愛し子」などと大仰な名をつけられ、ナギ様、薬師様と呼ばれても、どこか自分のこととは思えない。

だが今、ナギを埋め尽くすグウィンの熱情は、確かにナギを求めていた。愛を遠ざけ、諦め、知ることをおそれていた彼に、ナギがそれを教えたように、ナギもまた、彼に求められることによって自分を知る。愛されることを知る。

涙があふれた。

「グウィンさん……っ」

吐息と嬌声《きょうせい》の合間に、必死に彼を呼んだ。すがるような求める声に、彼はすぐに応えてくれた。背後からぎゅっと抱きしめて、直接耳にささやかれる。

「ナギ。愛しい、わたしのナギ。愛している。愛している……」

「俺も、あなたを、愛してます……っ」

言葉にして告げる瞬間、自分の心も満たされる。その充足感に引きずられるように、体を満たす快感も膨らんだ。もうそれほど長くはもたない。

「グウィンさん……、グウィンさん……っ」

すがるもののない大理石の上、ぎゅうっと握りしめた手を、あたたかい彼のそれが包んだ。同時に、とんっと、甘く、奥を突かれる。

「――っ」

その瞬間、突かれたところから甘美な波が湧き起こり、ひたひたとナギの全身を包んだ。体中の感覚が膨らみ、彼を受け入れて歓喜する。

「あ……っ」

多幸感の波にさらわれるようにして、ナギは達した。

「……ナギ……っ」

背後でグウィンが小さく呻《うめ》く。

何度か、自身の形をナギに教え込むように前後して、彼も達した。放った種をナギの中に植え付けようとするように、達してからも腰を動かす。その動き一つひとつに、ナギは小さな絶頂を味わった。

「ナギ……、ナギ」

グウィンが背中を抱きしめてくる。体勢を変えたことで、中から彼が抜けていく。少しさみしい。

「グウィンさん」

名前を呼んで、身じろぎして、前から抱きしめてほしいと伝えた。すぐにその願いはかなえられる。再び湯の中で抱きあい、ナギは幸福にほほ笑んだ。

「グウィンさん、キスをしても……？」

そう言うと、すぐさま口づけを贈られる。うっとりとそれを受け入れてから、ナギはふふっと小さく笑った。

「俺からもキスしていいですか？」

今度は、グウィンも意味を取り違えなかった。目を丸くし、それからほほ笑む。あふれる気持ちをこらえるように、少しだけ眉尻を下げて。

「聞かなくても、いつでも、好きなだけ」

許しを得て、ナギはグウィンにキスを贈った。

彼はナギを抱きしめて、それから静かに嗚咽した。

6

寝台が小さく揺れて、ナギの意識は眠りの底から浮上した。

「すまない。起こしてしまったな」

水差しを置き、甘い声でそう言って、グウィンがこめかみを撫でてくれる。窓の外は、まだ薄明。青みがかった世界に、美しい恋人のしどけない姿が、有明けの月のように浮かび上がっている。

「もう少し寝ていればいい」

「いえ。もう起きます」

ナギが体を起こすと、彼は顔を寄せてきた。

「おはようございます」

「おはよう」

キスと朝のあいさつを交わす。穏やかな一日の始まりだった。

グウィンと恋人になってから、十日がたった。ナギはあいかわらず、アリアン王の薬師と、大神殿の薬局勤め、その合間をぬって宮廷の方々のお茶のお相手をこなしている。

夜は二日か三日に一度の割合で、グウィンと過ごすようになった。仕事後にグウィンのところへ行き、夕食と風呂を共にして、ベッドで抱きあい、朝方帰る。グウィンが用意してくれたナギの部屋には、あっという間に薬草や精油の小瓶が増えた。恋人のためにハーブティーを淹れ、オイルを使ってマッサージをする。尽くしたがりのナギに、グウィンはいつも好きにさせてくれている。彼がナギの希望を聞かないことがあるとするなら、それはベッドの上でだけだ。

今朝は早く起きられたので、朝食も一緒にとることができた。早朝から、城の厨房が腕によりをかけて焼いた三種のキッシュと、昨日ナギが焼いたブラックベリー入りのスコーン、ベーコンエッグにサラダ、ブラックベリーソースのヨーグルトというメニューだ。

ナギが目覚めのお茶としてミントティーを出すと、グウィンは少し微妙な顔をした。好き嫌いを見せない彼にはめずらしいことだ。

「もしかして、ミントティーが苦手ですか？」

「以前飲んだものが、あまり口に合わなくてな」

あくまでも「まずい」と言わないところに、彼の育ちのよさがうかがえる。

「苦手って言っていいんですよ」

軽やかに笑い、ナギは部屋の時計をちらりと見た。さいわい、まだ時間はある。

「別のものを淹れなおしますね」

「いやいい。いただこう」

「そんな、無理に飲まなくても……」

　止めようとしたが、グウィンは優雅な所作でカップを口に運んだ。言わなければ、けっして苦手なようには見えない。そのように振る舞うすべを、当たり前のように身につけている人なのだった。

　一口飲んだ彼は、驚いた顔でカップを見下ろした。

「……おいしい」

「本当ですか？」

「いや、本当においしい。これは本当にミントティーなのか？」

　あまりに彼が驚くので、ナギは笑いながらポットの蓋を開けて見せた。

「ご覧のとおり、フレッシュミントが主体ですよ。レモンバームとレモングラスも少量混ぜてはいますが」

「……だが、わたしが飲んだことがあるものとは違う」

　なぜだと言いたげな彼に、ナギはとうとう声をたてて笑った。

「ハーブティーは、ブレンドによって味がまったく変わりますから、たまたま、そのときのブレンドがお口かご体調に合わなかったんでしょう。それに、今ちょうどミントは旬なので、元々おいしく召し上がっていただける時期なんです」

「これもおまえが摘んできたのか？」

「昨日こちらへ来る前に、薬草園に寄りました」

ナギが答えると、彼は「そうか」とほほ笑んだ。

はっきり言われたことはないが、彼はナギの交友関係に自分が影響をおよぼすことをおそれている。「白い死」と親しいことで、ナギが理不尽な扱いを受けていないか、常に気にかけてくれているのだ。

ナギはグウィンにさえ迷惑がかからなければ、自分がどう思われようとかまわないのだが、彼の気持ちは理解できたし、そのやさしさはうれしかった。

「今日の予定は？」

「急な患者さんが入らなければ、一日薬局勤めです」

「そうか。次の兄上の診察はいつだ？」

「明後日《あさって》ですね」

「では、次は明後日に」

「明後日に」

そう約束して、彼と別れた。

クフォイス城は広大な平野の丘の上に立っているので、毎日一番に朝日が当たる。昇ってきた日の光を浴びてキラキラと光る早朝の道を、ラファンと一緒に大神殿に向かって歩いた。治安のいいクフォイスの、城と大神殿という至近距離でも、グウィンはナギを一人で出歩かせない。

「いつも朝早くにごめんね」

しかも、恋人のところからの朝帰りだ。早朝からつきあわせて申し訳ない。ナギが謝ると、ラファンは「とんでもないです」と両手を横に振った。

「元々そういう仕事ですし……。ナギ様はとてもお仕えしやすい方ですよ」

「そうですか？」

「ええ。わたしのこともよく気にかけてくださるでしょう。まあ、『様』付けをやめてくれなどとおっしゃられると、逆にどうしていいやら困りますが」

ラファンが笑いに逃がしてくれたので、ナギもありがたくその話題を切り上げた。

「ナギ様、このあとはどうなさいますか？」

「一度部屋に戻って、着替えて、改めて出勤するよ」

「かしこまりました」

医薬師の館の自室に戻ろうとしていると、階段で、朝食に向かうフィサリスとすれ違う。

「ナギ。今帰り？」

「うん」とうなずく。頻繁な外泊は、同じ館に住む同僚たちには隠しようがない。隠すつもりもないのだけれど、今のところ三人とも見て見ぬふりでいてくれるのは、ありがたいことだった。

だが、今朝のフィサリスはいつもと少しようすが違った。形のいい眉をかすかにひそめ、「ちょっといい？」とナギの腕を引く。階段の端に寄ると、彼はナギに「今夜空いてる？」とたずねた。

「空いてるけど、どうかした？」

「……ちょっと話したいことがあって」

「今じゃだめ？」

「あまり人に聞かれたくないんだ。それに、長くなるかもしれないから、オレの部屋に来てほしい」

常はほがらかな友人の深刻な表情に、ナギは「わかった」とうなずいた。

「夕食後だったらいつでもいいよ」

フィサリスはほっとした表情になった。「じゃあ、また夕食のときに」と言って、階段を下りていく。今日は、彼がアリアン王の投薬担当だった。

人参の投薬が始まってから約二週間。王の体調は一進一退しながらも、基本的には回復傾向にある。最近では、日中はほとんどベッドの上で座って過ごしているし、食事量もずいぶん戻ってきたようだ。調子がよければ、子供たちとカードなどで遊んでいることもある。だが、何かの拍子に調子をくずし、ベッドに後戻りする日が、数日に一回あるのだった。


その日も、アリアン王は午後から体調をくずした。吐瀉《としゃ》物に血が混じったというので、フィサリスだけでは荷が重いと、ガルシェックが駆けつけた。さいわい命に別状はなかったものの、楽観視はできないと、今夜はガルシェックが付き添うことになったらしい。

「フィサリスもお疲れ様。今日は本当に大変だったね」

持参したカモミールミルクティーをカップにつぎ分けながら、ナギは彼をねぎらった。

フィサリスは疲れた顔でベッドのふちに腰掛けている。彼が、「他の人には聞かれたくない」と言ったので、ラファンには部屋に戻ってもらっていた。

「ありがとう。ナギの淹れるお茶は本当においしいね。気持ちが落ち着く」

一口飲んだフィサリスが少し笑顔を見せてくれたので、ナギは内心ほっとした。

彼には説明するまでもないが、牛乳でカモミールを煮出したお茶は、沈静や安眠の効果がある。不運にも王の吐血という衝撃的な場面に遭遇してしまったフィサリスへの、ナギからのお見舞いだった。

居間のテーブルセットから椅子を一つ持ってきて、フィサリスと向かいあうように座る。彼はふっとため息をついた。

「本当にびっくりしたよ。最近は順調にご回復になっていると思っていたから……」

「重い病気は難しいね」

「人参の精を守護精霊にもつ薬師でもいればいいのかもしれないけどね」

よほどまいっているのか、フィサリスは何度目になるかもわからないため息をまたひとつつく。

「話、また今度にしようか？」

ナギがたずねると、彼は「大丈夫だよ」と首を横に振った。

「それに、早いほうがいいと思う」

その声がいつになく低く硬く響いたので、ナギは姿勢を改めた。

「その前にちょっと聞きたいんだけど、いいかな？」

「何？」

「最近のナギの外泊って、白の殿下のところに行ってる？」

「……っ!?」

唐突な話題に、ナギは思い切りむせた。カモミールミルクティーが気管に入ってしまって苦しい。

「ちょ………、……なんで、いきなり、そんなこと……？」

むせかえりながらたずねると、フィサリスは苦笑した。

「ごめん。殿下に関わる話だから、先にたずねておかなくちゃって」

「……グウィンさんに……？」

「うん。オレ、同性愛には偏見ないから、心配せずに答えてよ」

「うん……」

ナギは口元を手布でぬぐい、改めて一口、お茶を含んだ。呼吸を整える。

「そうだけど、それがどうかした？」

苦言を覚悟していたが、フィサリスは少し笑っただけだった。

「ああ、やっぱり？　気持ちが通じたんだね。おめでとう」

おめでとう、という言葉に、ナギは目を見開いた。グウィンとのことは、けっしてうしろめたい関係ではないけれど、他人から「おめでとう」と言ってもらえるとも思ってはいなかった。心の奥がほかほかする。はにかんで、うつむいた。

「ありがとう」

「うん。でも……」と、フィサリスは言いにくそうに言葉をにごした。

「どうしたの？」

「殿下の守護精霊のことなんだ」

「グウィンさんの？」

彼の口調と表情で、よくない話だとは想像がつく。ナギは眉を寄せた。

「死の精霊の噂なら知ってるよ。みんな、あの方の人となりを知らないまま、ひどいことを言うみたいだね」

「そうだね」とフィサリスはうつむいた。

「だけど、ナギにも関わることだから、聞くだけでも聞いてほしい」

真剣な彼の表情に、ナギは「わかった」と答えた。気は進まないが、しかたがない。フィサリスは大切な友人だ。

彼はほっとした表情をナギに向けた。彼もずいぶん緊張しているようだった。

「ナギは自分の守護精霊をもたないけど、彼らの力を借りたいとき、オレたちがどうしているかは知ってる？」

「いや……？」

ナギは首を横に振った。だが、ふと記憶の隅に引っかかるものがある。

――もちろん、精霊を思いどおりに使役するには、それなりの代償が必要になりますが。

確か、ラファンとグウィンの守護精霊について話をしたときだ。彼がそんなことを言っていたのを思い出した。

「……代償がいるってことだけは」

「うん」とフィサリスはうなずいた。

「オレたちは、精霊の力を借りたいとき、彼らの望むものを捧げる。たとえば、オレの守護精霊はホオズキだけど、大きくてきれいな実がほしいと思ったら、澄んだ水とか、栄養のある土とか……願いが高度なことであればあるほど、捧げるのも貴重なものになっていくんだ」

「うん」

フィサリスが顔を上げた。暗い目がナギを見た。

「ナギは、殿下が死の精霊を使役するとしたら、精霊は何を代償に望むと思う？」

「え……っ」

思いがけない問いかけに、ナギは目を見開いた。

死の精霊の望むもの。命の代償になり得るもの――。

「わからない」と答えた。本当は答えたくなかった。死の代わりになるものは、やはり命であるとしか思えなかったからだ。

ぞっと冷たいものが、背筋を滑り落ちていった。

「死の精霊は、死を望む。だから、殿下がお生まれになった日には、多くの人の命が消えた。彼が精霊の力を使って死を賜るときには、鳥や獣を生《い》け贄《にえ》にするんだって」

「……そんな……」

そんなことを、あの彼がするだろうか。グウィンの姿を脳裡《のうり》に思い描き、一瞬でも考えた自分をナギは恥じた。自分の恋人はそんな野蛮人ではない。

「しないよ。あの人は、そんなこと」

「今はそうかもしれないね」

フィサリスは深いため息をついた。不穏な言い回しに眉を寄せる。

「今はって……？」

「近々ドゥイラインと戦争になるかもしれないって噂、知らない？」

「知らない。そうなの？」

クフォイスに来てから、ナギの頭は薬とグウィン、そして宮廷に慣れることでいっぱいだった。それ以外のことに興味を割く余裕はなかったのだ。

フィサリスは憂い半分、あきれ半分にうなずいた。

「ドゥイラインは、数年前に代替わりしたばかりなんだ。元々軍国主義の国だけど、先王の代ではオルレウィンと友好関係を結んでいた。でも、新王ダイアールになってからはどんどん軍拡を進めていて、近々どこかへ侵攻するつもりじゃないかって言われてる」

「そうなんだ……。フィサリス、詳しいね」

彼はふと笑って肩をすくめた。

「オレは東の出身だからね」

「そっか」

「とにかく、今この国はかつてない危機に瀕《ひん》してるんだよ。隣国は侵攻の機会をうかがっているというのに、頼りのアリアン陛下はご病床の身だ。陛下のお子様方はまだどなたも成人に達していらっしゃらないし、ダイヤモンドの精を守護におもちの王子に至ってはまだ十三で、成人まで七年もある。万一、今アリアン陛下に何かあれば、後をお継ぎになるのは白の殿下しかいない。表立って言わないだけで、前から軍部を中心に、殿下の死の力をもっと生かしていただくべきだと主張する人間は一定数いるしね」

「……」

万一、アリアン王が不測の事態に陥れば、自分が摂政に任ぜられるだろうと言っていた、グウィンの言葉を思い出した。だが、ことによっては摂政どころではないかもしれないということか。

守護精霊によって王位継承権が決まるこの国で、圧倒的な生殺与奪の力をもちながらも、王位に就けなかったグウィン。だが、「臣下たちの中には死を望む声もある」と――。

「……グウィンさんに、一体何をさせる気なんだ……？」

「一部では、殿下の守護精霊が本気を出せば、敵の軍隊を殲滅《せんめつ》することだってできると言われている」

「そんな……っ」

思わず大きな声を出すと、フィサリスは困ったように眉を寄せた。

「そんな怖い顔しないでよ。オレが言ってるわけじゃない。第一、本当にできるかどうかもわからないし、そういう妄想を抱いている連中がいるってだけだ」

「……うん……、ごめん」

ナギは握りしめた手から力を抜いたが、すぐにまたぎゅっと握った。

だって、それでは、まるであの人自身が兵器のようなものではないか。死の精霊の力で、無慈悲に敵兵を薙《な》ぎ払えなどと――。

「そんなおそろしいことを……」

恋人になり、グウィンの苦悩を知ったつもりになっていたが、またさらに深い闇を見る。彼の死の力を畏怖し、敬遠しながらも、人殺しを――しかも大量殺人をさせようと目論《もくろ》む。そんな残酷な人がいるのだ。

ナギは泣きたい気持ちになった。今すぐ彼のところへ駆けていって、ぎゅうぎゅうに抱きしめてしまいたい。

そんなナギにフィサリスはさらに衝撃の言葉を放った。

「その鍵になるのが、きみだよ。ナギ」

「え……」と、ナギは彼を見返した。フィサリスは憂いに顔を曇らせて、ナギを見ている。

「言っただろう。精霊の力を借りるには、精霊の望むものを捧げなくちゃいけない」

「――」

ナギは言葉を失った。

――まさか。

「死の精霊への究極の捧げものは、『愛する者の死』だと言われてる」


早く逃げたほうがいい、とフィサリスは言った。

『きみの友人として言ってるんだ。きみは死の精霊への生け贄として連れてこられた可能性だってある。もし殿下が本当にきみを愛しているなら、きみを自分から遠ざけこそすれ、こんな状況で自分の手元には置かないだろ？』

ナギは何も言い返せなかった。

「ナギ様？」

どんな顔をしていたのか、自室でナギを出迎えてくれたラファンは小さく目を瞠った。ただ事ではないようすに気づいたらしい。

「ナギ様、いかがなさいましたか？」

心配そうにナギの後ろをついて回る彼に、ナギは「なんでもない」と首を横に振った。

「ちょっと疲れただけだよ」

「ですが……」

「よかったら、リラックスできるお茶を淹れてほしい。薬草棚の薬草と、暖炉のお湯を使っていいよ。俺は寝室にいるから、できたら持ってきてくれるかな」

「……かしこまりました」

厨房に必要なものを取りにいくのだろう。彼が出ていったドアを見つめ、ナギは寝室に移動してベッドに横になった。ラファンに言ったとおり、気持ちも体も疲れていたが、眠気は一向にやってこない。目が冴《さ》えてしまっていた。

（……フィサリスが言うとおり、死の精霊への究極の捧げものが、「愛する者の死」だとして……）

ぼんやりと考える。

もし仮にそうだとして、自分はグウィンから逃げたいか？　――答えはノーだ。死ぬのは怖い。だけど、彼のことは怖くない。

ただ、フィサリスの言葉に、思い当たるふしがないわけでもなかった。たとえば、グウィンは王命が下る以前から、熱心に「自分のそばに来てほしい」とナギに求めていた。もしかしたら、あれはいつか必要が生じたとき、すぐにナギの命を差し出せるようにするためだったのかもしれない――。

（……いや、でもそれはおかしい）

愛と打算は両立しない。少なくとも、ナギの中では。だから、そんな奸計《かんけい》はグウィンの愛を疑う理由にはならない。ナギは彼を信じている。

だが、元より彼を疑うことを拒んでいるナギの気持ちが、もし愛ゆえの盲目だとしたら――。

考えがまとまらない。自分がなぜ悩んでいるのかもよくわからなくなり、ため息ひとつ、ナギは枕に突っ伏した。

コンコンコン、とノックがあった。

「どうぞ」

「失礼いたします」

ラファンがカップアンドソーサーを一脚、トレイに乗せて入ってくる。

「どうぞ。ラベンダーのホットミルクです」

差し出されたカップの中は、確かにホットミルクで満たされていた。牛乳の甘い匂いが先に立つが、一口含むとラベンダーがふわっと香る。

「ありがとう。おいしいよ」

「そちらを召し上がったら、今夜はもうおやすみになってくださいませ」

「そうする」

「ラファン」

うなずき、部屋から出ていこうとしていたラファンを呼び止めた。

「はい」

だが、自分は何を聞こうとしたのか。ナギは唇を開いたまま、躊躇《ちゅうちょ》した。

フィサリスの話は確かに衝撃だったが、まさか「自分は生け贄なのか」とラファンにたずねるわけにもいかない。そもそも彼が答えを知っているかもわからない上、グウィンにすべて筒抜けになってしまう。

ナギは口を閉じ、首を横に振った。

「ごめん。なんでもない。おやすみ」

「……おやすみなさいませ」

ラファンは問い詰めることはせず、灯《あか》りを消すと、「失礼いたします」と頭を下げて寝室を出ていった。

ホットミルクを飲み終え、再びベッドに横たわる。だが、眠りのおとずれはまだ遠いようだった。

大神殿の白い廊下を、足音をひそめて歩く影があった。ナギだ。あれから一時間ほど、ベッドでまんじりともせずに過ごし、諦めて部屋を抜け出してきた。

白大理石でできた大神殿は、どこからか差し込んだ月の光を反射してほの白く、グウィンの髪を思わせた。静謐で繊細、華美にならない、落ち着いた美しさ。そこに、ナギが手に持つランタンの光が揺れる輪を描く。

日当ての扉の前に立ち、ナギはひとつ深呼吸した。人を訪ねるには非常識な時間だとわかっていたが、今ナギが悩みを相談できる相手は、彼をおいていなかった。

控えめなノックを三回。もし寝ていたらきっと彼を起こすことはないだろう。返事がなければ明日にしようと思っていたが、扉の内側からは「はい」と声が戻った。

「夜分に申し訳ございません。薬師のナギです。どうしてもカンフォール様にお聞きしたいことがございまして、無作法と知りつつうかがいました。もしよろしければ、話を聞いてやってくださいませんか」

ナギが言うと、ややして内側から扉が開いた。リネンの寝間着に身を包んだ大神官長カンフォールは、突然の訪問にもかかわらず、穏やかな表情でナギを迎え入れてくれた。

「どうしました。眠れませんか」

「このような時間に突然うかがうご無礼、お許しください」

最敬礼をとったナギに、カンフォールはほっほと笑った。

「堅苦しいあいさつは抜きでかまいません。わたしはあなたの後見人です。おじいさんが一人増えたくらいに思っていてくれればいいんですよ」

そちらにかけて、と、指し示されたのは、臙脂《えんじ》色のビロードが張られたソファセットだった。

大神官長——神官たちの頂点に立つ方の居室だ。どれほど豪華なことかと想像していたが、広さこそナギの部屋より二回りほど大きいものの、内装や調度品などはとくに華美というほどではない。足るを知る、「清貧」という言葉がしっくり似合う部屋だった。

「ナギはもう大人なのでしたよね」

「はい。二十一になりました」

「では、こちらを」と差し出されたのは、果実酒のお湯割りだ。梅酒をベースに薬草を数種類漬け込んだ甘い酒で、薬局でも売っている。カンフォールは「眠り薬ですよ」と笑いながら、自分もカップに口をつけた。

まるで身内のようなあたたかさに、ナギは母方の祖父を思い出した。イギリスの片田舎に住んでいた元司教だ。ナギは彼が大好きだった。

「それで、どうしたんですか？」

「はい。それが……」

ナギはゆっくり、心の内をできるだけ正確に伝えられる言葉を探しながら口を開いた。

グウィンを守護する死の精霊への究極の捧げものは「愛する者の死」だと聞いたこと。もしかしたら、ナギは死の精霊への生け贄として連れてこられたのではないか、早く逃げたほうがいいと忠告されたこと。

「けれども、殿下がどれほどわたしを欲し、悩み、葛藤した上でなお愛してくださっているか、わたしは知っています。それを思うと、疑うことなどできなくて……」

どんなに疑おうとしてみても、ナギの疑念はそこ止まりになってしまうのだ。

ナギが言うと、カンフォールは皺の奥の目を愛おしげに細めた。ふっふと愉快そうに、髭の中で笑っている。

「悩みがあると言うから聞くつもりでしたが、なるほど、あなたは惚気《のろけ》に来たのですか」

「えっ……!? え、違います……!」

ナギは今しがたの自分の言葉を反芻《はんすう》し、真っ赤になった。確かに、惚気と言われてもしかたがない。

「すみません」

頭を下げると、大神官長はさらに愉快そうに笑うのだった。

「よろしい、よろしい。純粋に愛しあう姿はすばらしいものです。何ものにも代えがたい」

「……おそれいります……」

「そこさえ信じられているのならば、何の問題もないと思いますが」

ナギの正面に座り、カンフォールは間を置くように果実酒を一口含んだ。

「さて、まずは死の精霊の話ですね」

ナギは「はい」とうなずいた。

「あなたは、あの精霊がおそろしくないのですか」

カンフォールの問いかけに、ナギはこくりとうなずいた。いつもと同じ答えを返す。

「どのみち、守護精霊をもたないわたしには、精霊を視ることも、感じることもできないので……」

「とはいえ、死は、たいていの人間にとって、おそろしいものではありませんか？」

「でも、その精霊に守られているのはグウィンさんです。あの方のそばにいて、人となりを知っていれば、むやみに死の力を使われることなどないとわかります。おそれることなど何ひとつありません」

迷いのないナギの答えに、カンフォールはまた声をたてて笑った。

「それが答えだと思いますが」

「そうかもしれません。でも、それはわたしがグウィンさんを愛しているからそう信じたいだけではないかと考えたら、だんだん、何を考えていたのかもわからなくなって……」

ナギの言葉に、カンフォールはクスノキを思わせる深緑の目を細めた。

「この年になると、死もそう悪くおそろしいものばかりではないと思うようになりますよ。王弟殿下の守護精霊もまた同じです」

独り言のように言ってから、彼は「さておき」と口調を変えた。

「死の精霊への究極の捧げものは『愛する者の死』だという噂は、以前から、まことしやかに言われています」

どっしりと落ち着いた口ぶりだったため、ナギもまた取り乱すことはなかった。ただ、やはりそうなのだ、と思っただけだ。落ち着いて「そうですか」とうなずく。

「ただ、本当のところは王弟殿下にしかわかりません。もしかしたら、今は殿下にもわからないかもしれません。代償については、精霊を使役しようとして、初めて向こうから知らされるものですから」

「そうなんですね」

「しかし、その噂が本当だとして、その捧げものとしてあなたが選ばれたのなら、それはとりもなおさず、殿下があなたを本気で愛しているという証左ではありませんか？」

「……そう、ですよね」

　客観的に肯定され、ナギはほっと胸を撫で下ろした。グウィンの愛を信じることを、うぬぼれかと疑わなくてもいいらしい。もっとも、あの魂の希求を、抱えきれないほどにそそがれる愛を疑うことなど、ナギにはとてもできないのだが。

「……本当に愛しているなら、自分からわたしを遠ざけるものだと言われました」

　ナギが言うと、カンフォールはふっふと笑い飛ばした。

「誰が言ったか知りませんが、余計なお世話ですよね」

「……っ」

　あまりにもバッサリと切り捨てられてしまい、ナギは思わず噴き出した。

「そうですね。そのとおりです。わたしはそういう愛されかたを望んでいないので」

「そうでしょうとも」

　カンフォールが深くうなずく。

　滋味深い果実酒を一口。

「……あの、惚気になってもよろしいですか？」

　ナギの言葉に、彼は「どうぞどうぞ」とうなずいてくれた。

「わたしは、グウィンという人を知っています。彼がいかに私欲なくアリアン陛下を敬い、オルレウインを愛し、クフォイスを誇りに思っているか、この耳でうかがいました。殿下は、『この国に必要なのは死の恐怖ではなく、平穏なる繁栄だ』と、おっしゃっていました」

「あの方のおっしゃりそうなことです」

「わたしは、その言葉を信じていたいのです」

「やはり、それが答えでしょう」

慈悲深い声でカンフォールが言った。ナギは納得してうなずいた。

「そう思います」

明確な答えを、すでにグウィンの口から聞いている。

そこを信じていいのなら、ナギがグウィンをおそれる理由など、やはりないに等しいのだった。


だが、そんなことで数日思い悩んでいたのが体調に影響したのかもしれない。

アリアン王への投薬の場でのことだった。ナギは一瞬立ちくらみを起こし、よろけてしまった。

「ナギ」

とっさにクレディフ将軍が支えてくれて大事には至らなかったが、こぼれた煎じ薬が指先を濡らしてしまっている。さいわい、大半はカップに残っていたので、そちらをアリアンに差し出し、ナギはエプロンで手をぬぐった。

「どうした、めまいか？」

「申し訳ございません。ここ数日、あまりよく眠れなくて……」

「弟が負担をかけているか。体がつらいようなら、わたしから言ってやってもよいが」

「え……？」

一瞬、アリアン王の言葉の意味を掴みそこね、ナギは小さく首をかしげた。一拍遅れて理解し、かーっと頬を染め上げる。ナギは両手で顔を覆った。

「いえ、あの、そんなことは……っ」

「よい。冗談だ。許せ」

ほがらかに笑い、王は薬の器に手を伸ばした。

その瞬間だった。パアッと目の前に閃光《せんこう》が走ったようなまぶしさを感じ、ナギは思わず目をこすった。だが、こすっても、瞬きしても治らない。どころか、蠟燭の灯りさえ、針が目を刺すように鋭くしみる。

「ナギ？　どうした」

「いえ、目が……薬が入ったようで、まぶしくて……」

答えるナギの脳裡を、初めてアリアン王に会ったとき、彼が口にした言葉がよぎった。

――病気をしてから、やけに光がまぶしく感じられてかなわない。蠟燭の光でも、目の前がちらつくほどだ。

「――だめです、いけません!!」

突然ナギが叫んだので、王も、将軍も、隣の机で執務していた宰相も、動きを止めた。

「どうした、ナギ？」

王が戸惑いの声音でたずねる。まだ目はよく見えなかったが、ナギは必死でそちらを見た。

「いけません、その薬は……。まだ、飲んでいらっしゃいませんね？」

「ああ、まだだが」

「飲んではいけません」

ナギの切迫した声に、宰相が「将軍」と鋭く呼んだ。巨軀が動く気配がする。

「飲んでいないぞ。どうした？」

「それは……」と答えかけ、ナギは「いえ」と言葉を切った。

「おそれいりますが、ガルシェック様を……」と言いかけ、再び口をつぐむ。だめだ。彼にも一応嫌疑はかかっている。

「ガルシェックを呼べばいいのか？」

「いえ」と、ナギは首を横に振った。

どうしたらいい。どうすれば――？

「どうしたのだ、ナギ」

苛立つ将軍のほうを向いた。声だけが頼りだったので、正しく向き合えていたのかはわからない。

「……まだはっきりとはわかりませんが、申し上げます。落ち着いてご対処ください」

「だから、一体どうしたのだ」

ナギは唾を飲み込んで、喉から声を押し出した。

「おそらく、その薬には毒が入っています」


ナギにハーブの知識を授けた母は、物語の善き魔女のような人だった。

様々なハーブを畑で育て、茶や精油やコーディアル、石鹸やスパイスに加工して売っていた。客は、食や暮らしにこだわる若者から、得体の知れない外国人のご老人まで幅広い。中学生になった頃から、ナギは母が現代日本で生活しているのがふしぎでしょうがなかった。せめてイギリスの実家なら、ここまで浮くこともないだろうに。そのくらい浮世離れした人だったのだ。

だが、ナギは母の丁寧で穏やかな暮らしぶりが好きだった。進んで店を手伝っていたおかげで、この世界でのナギがある。

母はとくに勉学が優秀というわけではないようだったが、ハーブについてはおそろしいほど造詣が深かった。西洋のハーブだけでなく、漢方薬にも目を向けて学ぼうとしていたし、「薬を正しく使うには、毒も知らなくてはいけないの」と言って、毒草についても詳しかった。

「ハーブの中には、毒にも薬にもなるものが結構あるんです。そのひとつがベラドンナです」

「ベラドンナ……」と、グウィンが呟く。

日本では「ハシリドコロ」と呼ばれるナス科の野草の仲間だ。専門の薬師が細心の注意を払って使えば、鎮痛薬や麻酔薬、その他様々な良薬として用いることもできる。だが反面、毒性が非常に強く、摂取量によっては嘔吐、下痢、血便、めまいなどの諸症状を引き起こし、最悪の場合死に至らしめる毒草でもあった。その多岐にわたる中毒症状の一つが瞳孔の拡大だ。

「薬が手に付いたまま目をこすったところ、蠟燭の光がまぶしく目を刺すように感じて気づきました。陛下も、『光が目にしみる』とおっしゃって、カーテンを引いていらっしゃいますよね」

「ああ」と、うなるような声でグウィンは同意した。

それから、気遣わしげにナギにたずねる。

「目の具合はどうだ。まだまぶしいか？」

「いえ、真水ですすいだので、もう大丈夫です。しばらくしたら治ります」

「そうか……」

重苦しい沈黙が部屋に落ちた。今、隣の部屋では、クレディフ将軍によって、薬師たちの取り調べが行われている。薬師たちの誰が犯人だろうと、ナギにとっては心の痛む事態だ。もっとも、こういうことがないように、アリアン王の薬については、調合も煎じるのも複数人で行っている。煎じる作業の前には薬師たちによる毒見もあるため、犯人は今日、ナギと一緒に薬を煎じた人物だろうと見当はついていた。

やがて部屋のドアがノックされ、クレディフ将軍が顔を覗かせた。「ナギ」と呼ばれ、席を立つ。

通された隣室で、床に縛り上げられていたのはフィサリスだった。

「……フィサリス、どうして……」

言いかけて、ナギは口をつぐんだ。王の薬師としての彼が偽りの姿だったように、「ホオズキ」にちなんだその名もまた偽りのものだったのだと今更気づいた。

「……そうか。ホオズキもナス科の薬草だったね」

もちろん、ベラドンナとホオズキを並べて見れば、違いは歴然だ。だが、ぱっと見、詳しくない人間にはわからないかもしれない。だから、精霊を直接視る大神官たちの目もすり抜けることができたのだろう。

「きみの守護精霊はベラドンナか？」

「………」

フィサリスは——名も知れぬその悪人は、貝のように固く口を閉じて語らなかった。捕らえられてからずっとこのようすなのだという。

「答えろ。誰の差し金だ！」

将軍の、気の弱い者なら心臓が潰れるような恫喝《どうかつ》にも、頑として口を開かない。強い意志を感じた。

「……東の出身だと、聞いたことがあります」

ナギは視線を落として言った。

「異国の血が混じっているのだとも……」

将軍が激しく舌打ちをした。憤怒の形相で、どこへともなく、彼を引っ立てていこうとする。これから厳しい詮議が始まるのだと、ナギにもわかった。

すれ違う一瞬、彼は笑った。その唇が「さようなら」と動いたのに気づき、はっと振り向く。

「将軍！」

ナギの声より一瞬早く、彼の体が大きくかしいだ。

「フィサリス！」

「ぐ……っ」

ゴボッと胃の中のものをすべて吐き出し、彼は吐瀉物の中へ倒れ伏した。吐くものがなくなってもまだえずき、血の混じった胃液を吐いて悶《もだ》える。

発汗。散瞳《さんどう》。「おいっ！」という将軍の声にも答えない。これは。

「ベラドンナ……」

どうやったのか、彼は毒をあおったに違いなかった。もしかしたら、自らを守護する精霊の力を借りたのかもしれない。

彼の苦しみ方は尋常ではなかった。胸元を掻《か》き毟《むし》り、のたうちまわって苦しみながら、あえぐ呼吸の合間に訴える。

「はやく、ころ、し……っ」

殺して、と、確かに聞こえた。

呆然としていたガルシェックが彼に近寄り、瞳や呼吸を確認して首を横に振る——もう助からない。

ここが地下牢《ろう》、もしくは城の外であったなら、将軍がその大剣で引導を渡してやっただろう。だが、王城内では、王と王族を守る以外に剣を抜くことも、人を斬ることも禁じられている。場所が場所だったために、無益に苦しませることになってしまった。

あまりのむごたらしさに、バーシルが目をそらした。ナギもグウィンの腕にすがる。とても見ていられない。

「友達だったんです。どうしてこんな……」

そう言って泣くナギを、グウィンは無言で抱き寄せた。ぎゅっと強く抱きしめられる。

「……ナギ。どうか目をつぶっていてくれ」

静かに言って、彼の腕が離れていった。はっとする。思わず言いつけにそむいて彼を見つめた。

フィサリスの横に立ったグウィンは、左の拳《こぶし》を強く握り込んだ。指のあいだから鮮血がしたたる。爪で手のひらの肌を破ったのだ。

「グウィンさん!?」

駆け寄ろうとするナギを視線で制し、彼は重々しくも静謐な声音で言った。

「死よ。彼にやすらかな眠りを」

彼の言葉に応えるように、傷口からしたたる血が白い光の粒子となり、生きもののようにうねりながらフィサリスの口に吸い込まれていく。

誰もが息をのんだ。死の精霊の存在を、その場にいる全員が感じ取り、本能的に恐怖した。

フィサリスの苦悶《くもん》がすっと引いた。長く、大きな呼吸をひとつ。それきり彼の体は生命活動を停止した。

誰も声を発さない。

ただ、ナギとバーシルのすすり泣きだけが部屋に響いた。

抱き上げて運んだナギを、グウィンは自室の寝台に横たえた。衣服をくつろげ、靴を脱がせてくれる。いたわるようなやさしい手つきは、幼い頃、怖い夢を見たと泣いたナギを慰めた、母の手を思い出させた。

「……すみません……」

これでは立場がすっかり逆だ。けれども、涙が止まらない。何をする気力も出ない。

グウィンは、「謝らなくていい」と言った。

「むごいものを見せてしまった。すまない」

「……いえ……」と言い、ナギは言葉を継いだ。

「でも、かわいそうでした」

グウィンは無言だ。彼の立場としては、兄であり国王であるアリアンに毒を盛った凶賊に同情を示すわけにはいかないのだった。

「陛下を救ってくれたこと、礼を言う」

硬くこわばったグウィンの口調に、ナギは泣き濡れた瞳を瞬かせた。

「……グウィンさん……？」

呟いてから、はっとした。視線が合わない。彼がこちらを見ようとしない。胸騒ぎを覚え、体を起こす。

彼はナギの視線を避けるように、寝台から腰を上げた。

「もう遅い。何か飲みものを持ってこさせる。それを飲んだら眠りなさい」

「待ってください、どこに行かれるんですか？」

ナギはあわてて寝台から下りようとしたが、あまりに急ぎすぎたせいで、自分の服に引っかかり、ベッドから落ちかけた。

「ナギ」

とっさに支えてくれたグウィンの腕にすがる。この手を離してはいけないと直感的に悟った。離せば、この人はどこかへ行ってしまう。ナギを残して。理由もなくそう確信していた。

「……ナギ……」

疲労が濃くにじむ声でナギを呼び、彼はそっとナギの手を自分の腕からはがそうとした。

「いやです」と首を横に振り、しっかり摑んで拒絶する。

「どうして俺を置いていこうとするんですか？」

悲痛な叫びに、ようやく彼の手から力が抜けた。銀の瞳が見下ろしてくる。

「……おそろしくはないのか？」

「何がですか？」

「わたしがだ。見ただろう。たった今」

「死を賜るところをですか？」

「……そうだ」

やっとしっかり視線が合う。美しい星の瞳が、今は傷つき、おびえた野生動物のようだと感じた。

彼を愛する死をもっともおそれているのは、もしかしたらこの人自身なのかもしれない。

死に愛され、死をあやつる彼はおそろしくないか——繰り返し繰り返し、飽きるほど繰り返し聞かれた質問だった。けれども、きっと自分は何度でも答えなければならないのだ。この、強くて、弱くて、孤独でやさしい人が、諦めて、ナギの愛を信じてくれるまで、何度でも。

ナギは彼の目を覗き込んだ。彼が、ナギの宵闇のような目を好んでいることを知っていた。

「死は、たいていの人間にとっておそろしいものです」

口から滑り出てきたのは、先日のカンフォールの言葉だった。

グウィンがはっと目を見開く。彼が何か言おうとしているのはわかったが、その前に、ナギは「でも」と言葉をかぶせた。

「その精霊を使役するのは、他ならぬあなたです。あなたのそばにいて、あなたがどんな方か知っていれば、おそれることなどありません」

「……ナギ……」

「あなたが彼に与えた死は、慈悲深くやすらかでした」

そう言って、ナギはグウィンの頬に手を触れた。ぬくもりで、彼の恐怖を溶かすように。

彼が今こうして傷ついているのは、自分のためなのだと理解していた。

「俺の友人に、やすらかな眠りを与えてくださって、ありがとうございました。おかげで、彼は長く苦しまずに逝《い》けました。あんな死もあるのだと思えば、死ぬのが少し怖くなくなります」

ナギはグウィンに向かって両手を拡げた。彼の愛しい「白い死」が腕の中に戻ってくるのを微笑で迎える。

波打つ銀糸の髪を撫でながら、ナギは言った。

「死はおそろしいものかもしれません。でも、あなたのことは心から愛しています」

恋人はこくりとうなずいた。

7

「あ……っ、グウィンさん……っ、んん……っ、アッ……！」

開け放たれた窓から、あえかな声がもれ出ては、とろりとぬるい夏の闇に溶けていく。

寝台の上、恋人の腰にまたがって、ナギは細い腰を揺らめかせていた。

アリアン王の不調の原因がわかると同時に取り除かれ、穏やかな日々が訪れるのかと期待したのもつかの間、近頃、グウィンはまた眠りが浅い。

理由は、王宮の中にあった。

フィサリス――アリアン王に毒を盛っていたあの薬師が、東国ドゥイラインの出身だったことが判明したのだ。

当然、議論は紛糾した。刺客を寄越して王を毒殺しようなど、宣戦布告とみなして手を打つべきだ。いや、ドゥイラインの謀略と断言するには証拠がない。まずは使いを立てて彼《か》の国の真意を問いただすべきでは。だが、一体誰が使者として赴くのか……。

それらの審議を、グウィンは一歩引いた位置から傍観していた。アリアン王の復調が確信された今、自分が出しゃばるのは望ましくない。彼はそう考えているらしかった。兄王への遠慮だとか、王弟としての配慮だとかいうよりも、もっときな臭い話である。軍事的な話になると、かならずどこかから湧いてくる、グウィンへの薄暗い期待。今回はとくにそれが目立つ。先日、グウィンは死を使役した。ナギは知らなかったが、知られている範囲では十数年ぶりのことである。それがどこからかもれると、あからさまな視線を感じるようになった。グウィンの利用価値を値踏みする不躾な目と、非難のまなざし。それらから逃れる方法を、彼は早急に考えなくてはならなくなった。

眠れないグウィンのため、ナギはここのところ毎日城へ通っている。風呂より、気鬱の薬より、ナギがそばにいるほうが、彼の気持ちをやわらかくさせ、眠りに導けるということを、うぬぼれではなく知っていた。

夜は、睦《むつ》みあうこともあれば、一つの寝台でただ抱きあって眠るだけのこともある。今夜は、戯れのように腰の上に抱き上げられ、「自分で動いてごらん」と言われたのだが——。

「あ……、グウィンさん……っ」

ナギは腰を揺らめかせながら、快楽と羞恥、困惑の入り交じった目で恋人を見下ろした。

自分から恋人を迎え入れ、なぐさめる。やってみたい、うまくできたらうれしいと思ったけれど、どうやら分不相応な望みだったらしい。どうにかすべて迎え入れることはできたものの、羞恥が勝って大胆に抜き差しすることもできず、中途半端に腰を揺するしかできなかった。

動けない。動いてほしい。ナギのそこは、彼の剛直でこすられ、突かれるよさをもう知っている。

もどかしさでいっぱいになっていたのだが、あんまり長いこと彼を中に抱えていたせいか、次第に内《うち》襞《ひだ》がざわめきはじめていた。

　ぬるま湯のような快感の奥から、まだ知らない官能が這《は》い上がってこようとしている。その予感に涙をにじませ、恋人を見下ろした。彼は官能の溶けたまなざしで、やさしくナギを見上げるばかりだ。

「グウィンさん……っ」

　どうにかしてほしい。できるのはグウィンだけだ。彼の手を取り、今日はまだ触られていなかった胸のとがりに誘ってみる。

「ここか？」

「んっ……！　あ……、ン……ッ」

　乳首をつねられると、甘い快感が胸から腰へ落ちていく。ざわざわとしていた襞がきゅっと彼を締めつけ、その動きで自分から気持ちよくなってしまった。細腰が自ら官能を求めてくねり、もっともっとねだるように彼を締めつける。自分の体のはしたなさに、ナギは半泣きになった。

「あっ、あ……っ、グウィンさん、もう……っ、もう、お願いです……っ」

　ナギの懇願に、恋人はふとほほ笑んだ。

「よく頑張った」

　甘くとろける声で褒め、ナギの腰に両手をかける。

「アッ……！」

引き下げると同時に、とんっと下から突き上げられ、ナギはびくりと仰《の》け反《ぞ》った。中が激しく蠕動《ぜんどう》し、もっとと彼をねだっている。

グウィンはもう意地悪をしなかった。奥まで収めたまま、自分の腰の動きで突き上げる。とんとんと奥を甘く叩かれるたび、襞の奥で蠢《うごめ》いていた官能がせり上がってくる。

「あ……あ……、うそ……くる……っ」

ナギは声をふるわせた。無意識に腰をくねらせて、グウィンのペニスを一番いいところに当てている。

ふっと笑った彼が、やや強引に突き上げた。

「――ッ」

最奥を強く叩かれ、ナギが仰け反る。触れられてもいない前から白濁が散る。上り詰めた官能がとうとう肉襞にまで達し、蠢動《しゅんどう》しながら、ぎゅうっとグウィンを食い締めた。

「ああ……っ」

鮮烈な絶頂感に体が傾く。支えたグウィンの腕がナギを寝台に横たえ、そのまま体勢を変えて突き上げはじめた。

「あっ、あっ、や……っ、待って、まって……っ、おれっ、今、いって……っ」

中で達し続けているのに、グウィンはさらに追い上げてくる。ナギは腰をよじって啼《な》いた。

「ナギ……！」

「ああ……っ」

最奥で彼が飛沫《しぶ》く。激情のままに抱きしめられ、その刺激でナギはまた達した。急速に意識が落ちていく。

「ナギ……、ナギ……」

低く甘い声が呼ぶ。夜の静寂のように慈悲深く、月の光のようにやさしい。

ふわっと全身を包む法悦に、ナギはすべてを差し出し、ゆだねた。

そこにはただ、安寧なる白い闇があった。


翌朝のテーブルで、ナギは自分を見つめる視線を感じ、向かいに座る恋人を見た。

「何か？」

「いや……」

言いよどむ彼に、ナギは小さく首をかしげた。彼がこんなふうにためらう姿を、ひさびさに見た気がする。肌を重ねるようになり、たいていのことは互いに率直に打ち明けられるようになっていた。

それが今は目すら合わない。さっきまであんなに視線を感じていたのに。

「そんなに言いにくいことなんですか？」

グウィンは、「いや」と首を横に振った。

「ただ、閨《ねや》のことなので、今たずねてもいいものかと……」

「え？　ああ……」

理解し、ナギは顔を赤らめた。確かに、朝の食卓には不似合いな話題かもしれないが。「どうぞ」とうながす。

ナギの了承をとりつけてしまえば、グウィンは冷静だった。平然とたずねてくる。

「わたしと床を共にするとき、おまえは何か特別なことをしているのか？」

「……と、おっしゃいますと……？」

何が言いたいのかわからない。

ナギが首をかしげると、グウィンは彼にだけ何かが視えているかように視線を動かした。

「おまえを抱いた翌日は、精霊の機嫌がすこぶるいい。はっきりと視えているわけではないが、気配で感じる」

「え……？」

目を丸くし、言葉の意味を咀嚼《そしゃく》して、ナギは首まで真っ赤になった。

「グウィンさん！」

「品のない冗談だと思うか？」と、彼は笑った。

「だが、本当だ。最初は気のせいかと思ったが、毎回、わたしにもわかるくらい、精霊の力が満ちている。だから、おまえが何かしているのかと思ったのだが」

「知りません！」

噛みつくように答えて、ナギは押し黙った。グウィンは「そうか」とまだ笑っている。

浮ついた沈黙の中で食事を終え、食後の紅茶を飲んでいるときだった。グウィンが、今後の身の振り方について切り出した。

「わたしはやはりオイル城に戻ろうと思っている」

「はい」とナギはうなずいた。

元々、彼の居城はそちらである。アリアン王が体調をくずしてから、公務の代理として――また万一の事態にそなえて――クフォイスに呼び寄せられていたが、その心配がなくなった今、王宮に長居してもよいことはなさそうだった。彼の精霊を利用しようとたくらむ人々の思惑を退けるには、物理的な距離を置くのが一番だ。早く本来の居場所に戻るのが得策なのだった。

「一緒に来てくれるだろうか？」

疑問形での申し出に、ナギは眉尻をやんわりと下げた。そこはせめて「来てほしい」と言ってほしい。だが、ナギに選択肢を与えてくれるのは、彼のやさしさだった。

「どうかご一緒させてください。そうでないとかなしいです」

クフォイスでも多くの人から親切を受けた。さみしい気持ちはもちろんある。けれども、ナギはもう自分の居場所はグウィンのそばと決めてしまった。それに、ここにいると、どうしてもフィサリスのことを思い出してしまうから。

グウィンは、「ありがとう」とほほ笑んだ。ナギの手を取り、口づける。

「どうか、一緒に来てほしい」

「どこまでもご一緒します」

ナギはしっかりとうなずいた。この後起こることも知らずに。


思い立ったが吉日で、近日中にアリアン王にお暇《いとま》のごあいさつを申し上げようと二人が話しあったその日、ドゥイラインとの国境から風の馬が文字どおり飛んできた。

乗っていたのは国境警備の兵だった。ドゥイラインから国境の山脈を越え、オルレウィンに流れ込んでいる大河グウィルドの主流が突然涸《か》れたというのである。すぐさまクフォイスでも調査がされ、水位の低下が観測された。

グウィルドは、主流以外にも、複数の大きな支流が集まって一筋の流れとなり、クフォイスにそそいでいる。主流が止まったからといって、すぐさまクフォイスの流れまで涸れてしまうことはない。


だが、現地の被害は深刻なようだった。

「水の供給のなくなった東の国境付近では、すでに作物に被害が出はじめています」

「豆の栽培に関わるな……」

「しかし、グウィルドほどの川が涸れるとはどういうことだ？」

「おそらく、何者かが川の流れを変えたのかと」

「グウィルドの上流といえばドゥイラインだが」

「しかし、大河の主流ですぞ。生半可な土木工事では不可能でしょう」

「待て。ドゥイラインの新王ダイアールは、確か、大地の精の守護をもっているのではなかったか？」

誰かが思い出したように言い、議会は水を打ったかのように静まりかえった。証拠はない。だが、先のアリアン王毒殺未遂の件もある。ドゥイラインによるオルレウィン侵攻がとうとう具体的になってきたと、誰もが感じた。

議会では、これを侵略とみなすべきか、慎重な議論が重ねられた。

「その結果、まずは視察と川の回復を試みるということで、急遽《きゅうきょ》斥候隊が派遣されることになった。斥候部隊はわたし直属の臣下たちと、水と土の神官一名ずつ、叔父のフルード、隊長はわたしだ。今夜中に城を発《た》つ」

夕刻、グウィンの口から経緯を聞かされて、ナギは頭が真っ白になった。穏やかな逃避の計画から急転直下、思考回路が追いつかない。だが、とても「はいそうですか」とは了承できなかった。衣服を旅のものに替え、荷造りの指示をするグウィンに追いすがる。

「なぜ……、待ってください。どうしてグウィンさんが斥候隊長なんですか？」

「言ってしまえば、身軽だからだ」

残酷な言葉に、ナギはその場に立ち尽くした。

「身軽って……」

つまり、死んでもかなしむ人は少ないということか？

「わたしにもおまえがいるのにな」

そう言った瞬間だけ、グウィンの表情がナギの恋人のものになる。だが、次の瞬間には威厳ある王弟のそれになり、淡々とナギに言い渡した。

「おまえは、今までどおり、クフォイスで薬師の仕事に励め」

一瞬、何を言われたのかわからなかった。ゆっくりと咀嚼し、呑み込んで、愕然とした。全身が総毛立つほどの怒りを覚えた。

「待ってください！　俺もご一緒いたします！」

「だめだ」

「ご一緒させてください。お願いです」

「だめだと言っているだろう」

とりつく島もないとはこのことだ。それでも引き下がることはできない。ナギは彼の前に回り込み、正面から彼を見上げた。

「『どこまでもご一緒します』と、今朝約束したばかりじゃありませんか！」

ようやく、星の瞳がナギを見た。それは憂いと、同じだけの愛しさを浮かべている。

「事情が変わったのだ、ナギ」

「事情なんて関係ありません。あなたのおそばが俺の居場所です」

「では、すべてわたしの望むようにするという誓いは嘘だったのか？」

「……っ」

揚げ足を取られ、ほんの一瞬怯んでしまった。その隙を、グウィンは見逃さなかった。強く抱きしめられる。懇願の声音が耳元で響いた。

「ナギ。どうかクフォイスに留まってくれ。そうしたら、わたしはこの国を守ることに全力を尽くせるだろう。以前は王族としての義務感のみだったが、今はこの国におまえがいる。おまえとこの国を守るためなら、何だってできる」

ナギはもがいて、なんとか首を横に振った。

「いやです。守るとおっしゃってくださるなら、おそばにいさせていただいてもいいでしょう」

「だめだ」

もう一度、強く強く抱きしめられた。その瞬間、うなじにトンッと衝撃を感じ、目の前が暗くなる。

「……っ」

だめだ。今手を放したら、この人は行ってしまう。

ナギは必死に目をこらそうとした。闇に墜落していく意識の中、愛しい人の声を聞いた。

「ナギ。愛している」

それなら連れていってと、言いたかった。

誰かが頭を撫でてくれている。そっと触れ、髪を梳《す》き、額に張り付いた髪をはがす。

やさしい手つきだった。

この手の主を知っているような気がする。離してはいけない人な気がする……。

「……グウィンさん……」

手を摑み、目を開ける。

驚いた顔でこちらを見ているのは、ラファンだった。捕らえているのも彼の手だ。

「ああ、ラファンだったのか……」

呟いてから、はっと飛び起きる。

「グウィンさんは!?」

「すでに出立なさいました」

ラファンの返事は静かだった。ナギの反応が、最初からわかっていたかのようだった。さーっと顔から血の気が引いた。

「そんな……っ」

寝台からまろび出る。足がもつれ、転びそうになったナギを、ラファンが支えた。

「ラファン、お願いだ。俺をあの人のところへ連れていって」

「無理です。もう二時間がたちました。殿下は風の馬を使っています。追いつけません」

「……っ、それでも！」

「ナギ様！」

止めようとするラファンを引き剝がそうと、ナギはもがいた。

「一緒にいると誓ったんだ！　どこまでもご一緒しますって……っ」

「殿下はきっと帰っていらっしゃいます！　ナギ様に会いに戻っていらっしゃいます！」

「だったら、なんで俺を置いていったんだよ！」

もって行き場のない憤りをラファンにぶつけた。彼が悪いのではないとわかっていても、どうしようもなかった。

「危険だからだ！　俺を安全なところに置いておきたいからだ！　自分はどうなるかもわからないくせに！　グウィンさんもラファンも、俺がどう思うかなんて考えてもいない!!」

「考えています。それでもだめなのです。あなたを連れていったら……もし、万が一何かあったら……」

「俺を死の精霊に捧げればいい！」

「！」

ナギの絶叫に、ラファンが動きを止めた。

「そうすれば、」

激情にまかせて口走りながら、頭の中で、もう一人の自分が「これはいけない」と警鐘を鳴らしている。

最愛の人を死に差し出して、引き換えに敵兵を皆殺しにする。死の恐怖でもって世界を支配する——そんな生きた兵器のようなことを、愛する人にさせてはいけない。

わかっているのに止まらなかった。

「そうすれば、あの人が死ぬような事態は避けられるんでしょう……っ」

パンッとナギの頬が乾いた音を立てた。鋭い痛みが破裂する。ラファンがナギの頬を叩いたのだった。

「言っていいことと悪いことがあります、ナギ様」

静かな声音に、自分を見つめるラベンダーの瞳の奥に、確かな怒りがある。それを見つめると、自分の中の激情が急速に凪いでいくのがわかった。

ナギはうなだれた。

「……ごめん、ラファン。今のは俺が悪かった」

「いえ……、わたくしこそ」

「いい。謝らないで。ラファンは悪くない」

彼の謝罪を途中でさえぎる。ナギにもうわかっていた。

「……つまり、俺をそばに置いていたら、同じようなことを考えるばかが、俺以外にも出てきてしまうってことだ」

　だから、グウィンはナギを遠ざけた。世界を滅ぼすスイッチを押させようとする力があるなら、スイッチを物理的に手の届かないところに置いておくのがもっとも安全だ。ナギへの愛は当然のこと、聡明な彼の倫理観もそう判断したのだろう。

「ナギ様……」

　ラファンは青ざめた顔でナギを見つめた。

「ナギ様は、ご存じだったんですね」

　――死の精霊への究極の捧げものは、「愛する者の死」であると。

　ナギはあいまいにうなずいた。フィサリスは確信をもった口調で教えてくれたが、今思えばあれはナギをグウィンから引き離すための策略だったのかもしれない。カンフォールは、真偽はグウィンにしかわからないと言っていた。むしろ今、ラファンの反応で確信を得たところだ。けれども、今まで何度となく考え、覚悟してきたナギに動揺はなかった。

「でも、グウィンさんを怖いと思ったことは一度もないんです」

　ナギはグウィンという人を知っている。

　彼は死という人間最大の恐怖を手にしていても、それで国を支配しようとはしなかった。「この国に必要なのは死の恐怖ではなく、平穏なる繁栄だ」と語った、誇らしげな声。ナギに愛をそそぐときの激しさ。ナギを抱きしめて眠るときのやすらかな表情――。

「あの人は、そんなことをする人じゃない」

その確信は、天啓のようだった。

――そうだ。ナギの知るグウィンは、愛する人を死に差し出すようなことはしない。死の恐怖で世界を治めるようなことは絶対にしない。たとえ、ナギがどこにいても。

ナギの最愛は、そういう人だった。

「それなら、やっぱり、俺はあの人のそばにいたい」

彼を愛する人として。彼の愛する人として。こんなときだからこそ、そばで彼の支えになりたいのだ。

顔を上げた。その表情を見たラファンが小さく目を瞠ったが、ナギの視界には入っていなかった。

考える。彼に追いつくにはどうしたらいい？　風の馬に乗っていったグウィンたちを、普通の馬で追いかけてもしかたがない。風の馬でも、ナギが自分で乗りこなせなければ、追いつけるかどうかわからない。何か、何か方法がないか――。

長く黙考していたナギだが、やがて瞳の奥に確信を宿してラファンを振り返った。

「ごめん、ラファン」と謝った。

「どんなに止めても、俺は行くよ」

オルレウィン東部は、広大な穀倉地帯である。

見渡すかぎりの麦畑は、栄養分を多く含んだ大地を、東の山脈から流れ込む大河グウィルドがうるおしてこその風景だ。その流れが堰《せ》き止められれば、当然、穀物は実らない。オルレウィンの食糧すべてが東部地域で生産されているわけではないが、東部が壊滅となれば、食生活への影響は避けられなかった。そして食糧事情は国力に直結する。

麦の収穫が終わった今、畑には大豆が植えられていた。本来、夏の光を浴びてのびのびと繁っているはずの畑は、だが、東へ近づけば近づくほど彩りを失った部分が増えていく。

「ひでえもんだな」と、手綱を握る男が言った。

「これじゃ、大豆どころか、飲み水にも困るだろ」

口ぶりこそ飄々としているが、表情はけわしい。彼の腕の中から下を見下ろしていたナギも、硬い表情でうなずいた。

ナギを運んでくれているのは、風の民の長ウィントだった。

「あなた方、風の民のもつ風の精霊の力で、できるかぎり速くグウィンさんのところまで運んでいただきたいのです」

クフォイスの港まで出向いて頭を下げたナギに、ウィントは水のようにワインを飲みながら、「金次第だな」と口角を上げたのだった。

「オレたち風の民は、昔から物を運んで金を得てきた。相応の支払いができるなら、抜かれた剣の切っ先にあんたを運ぶことだってやぶさかじゃないぜ」

あいかわらずとらえどころがない印象だが、矜持《きょうじ》のにじむ口ぶりに、ナギは「わかりました」とうなずいた。

「わたしの全財産でいかがですか」

差し出した革袋には、本当にナギの全財産が入っていた。

薬局で働いた給金と、人参をもたらしたことについての報奨、そして凶賊から王を救ったことについての褒美だ。そこから薬草や身の回りのものを買ったわずかな代金を差し引いた額がすべて入っていた。

「足りますか」

ナギの言葉に、ウィントは「お話にならないな」と唇をゆがめた。

「だが、あんたは、オルレウィンとオレたちを結びつけてくれた、『精霊の愛し子』様だ。またいい仕事をもってきてくれるなら、ここは貸しといてもいいぜ」

「それは……」と、ナギはためらった。

「どうでしょう。貿易はわたしの仕事ではないので……」

ナギの言葉に、ウィントがぶっと行儀悪く噴き出す。

「ばかやろう。そこは『約束します』って言うとこなんだよ」

ナギの肩を豪快に叩き、ウィントは荷運びを引き受けてくれた。

「出発は明朝だ。今夜はもうさっさと寝な」

「え、でも、今すぐ追いかけなくても……？」

「オレは、飲んだらその日は仕事しねえ。心配しなくても、風の馬になら一日で追いつく」

そう豪語した彼が具体的にどうやってグウィンを追いかけるつもりなのか、そのときのナギはまだ知るよしもなかった。

今朝、約束の時間ちょうど。ウィントは思いがけないところから現れた。

大神殿の表で彼を待っていたナギたちの上を、ふと大きな影が横切った。何だろう。鳥にしてはやけに大きい――。

思わず空を見上げたのは、ナギだけではなかった。

「鳥……？」

手を額にかざして、神官の一人が呟く。

（――いや、違う）

逆光で見えづらいが、鳥にあんな尾はないはずだ。

まぶしい朝日をはじく翼。光が乱反射するうろこ。太い胴。長い尾。鋭い爪。コオと高く、クフォイスの町に響きわたる声は、やはり鳥のものではない。

神官たちのざわめきが大きくなった。

「竜……!?」

「竜だ！」

「風の竜だ！」

呆然と見上げるナギたちに向かって、透きとおってきらめく竜が下りてくる。その背には真っ青な衣装をはためかせるウィントの姿があった。

「ナギ！」

「ウィントさん」

風の竜の背から下りてきた彼に、ナギは駆け寄った。思わず興奮ぎみに声をかける。

「びっくりしました。すごいですね！　風の竜ですか？」

ウィントは透明な竜の首筋を撫でてやりながら、「そう」とうなずいた。

「こいつがオレの相棒だ」

「名前は？」

「竜は気高い生きものだ。たとえ相棒でも、人間が勝手に名付けるのをよしとしない」

「そうなんですね。本当、すごい、きれいだ……」

風の馬も美しいが、この竜もまたどうなっているのか、まるでガラス細工に命が宿ったような、人知を超えた美しさである。自分の背丈の三倍はありそうな竜を見上げ、ナギは感嘆のため息をついた。圧倒的な存在感だ。

――と、風の竜はおもむろに首を動かし、ナギに顔を近づけてきた。角の生えたワニに似た顔はい

かついが、その目の光はやさしく、深い知性を感じさせる。

（触ってもいいかな？）

ナギがためらっていると、竜のほうから顔をナギにすり寄せてきた。ベロリと、長い舌で頬を舐《な》められる。

「わっ。意外になつっこいんですね」

はしゃいで笑うナギに、ウィントは「いやいやいやいやいや……」と微妙な顔をしていた。

ウィントとナギの二人を乗せ、風の竜は大神殿から飛び立った。まっすぐに青空を切り、東へと飛んでいく。クフォイスの金の町並みがあっという間に見えなくなり、半日も飛べば、かなたに国境の山脈が見えてきた。なるほど、これなら本当に風の馬にも追いつくかもしれない。

昼時、休憩をかねて下りた町の食堂で昼食をとった。風の竜は、おとなしく表につながれている。大人も子供も、町中の人々がおそるおそる、だが、目を輝かせてそれを見ていた。

「すごい速さですね」

窓から眺めながらナギが言うと、ウィントはまたちょっと微妙な顔をした。

「実は、オレも驚いてる」

「え？」

「あいつ、いつもとは比べものにならないくらい速く飛んでるぜ。最初はオレも振り落とされるかと思った」

「ええっ。そうなんですか？」

驚くナギに、ウィントはスペアリブにかぶりつきながら肩をすくめた。

「だいたい、あいつがオレ以外の人間を乗せたことがまず衝撃なんだよ。言っただろ、竜は気高い生きものだって。あいつ、気性は穏やかだけど、今までオレ以外、誰にも触らせたことすらないんだぜ。今日も、無理なら無理っつって断るつもりだったのに」

「ええ……？」

目を丸くするナギを、ウィントはしげしげと見つめた。

「ふしぎなやつだよな。『精霊の愛し子』だったか？　今まで神官どもの言うことなんか眉唾もんだと思ってたけど、あんたに関しちゃ本当かもと思える」

ウィントの言葉に、ナギはやんわりと苦笑した。

「俺には、自分にそんなたいした力があるとは思えないんですが……。もしかしたら、この神官服のおかげかもしれません」

「ああ、その白い、長ったらしいやつ」

「クフォイスの大神官様方が、ありったけの精霊のご加護をこめてくださったそうなので」

「はぁん」と、ウィントは、わかったようなわからないような返事をした。

ウィントの戸惑いをよそに、風の竜は午後も快調に空を駆けた。

町を越え、丘を越え、湖を越える。クフォイスでは、水位が下がっていると聞かなければわからないほどだったグウィルドの水量は、だんだんと浅く細くなっていき、夕暮れ前にはとうとう一筋の小川のようになってしまった。

ナギは、ウィントに頼んで、川岸に下りてもらった。上空から見ていたときには元々この細さかと思ったが、下りてみると、小川の両側にはしっかりと水の流れていた形跡が残っていて、水量が減ってしまっていることが見てとれた。

「おそらく今流れているのは、周辺から流れ込んだ水だけだな」と、ウィントが言った。

「主流は一滴残らず涸れ果ててる。これじゃとても東の穀倉はうるおせない」

その夜は、近くの村の宿屋に泊まった。そこの一階は食堂になっており、村人たちも集まっていたが、彼らの話題はもっぱらグウィルドの水涸れについてだった。

「もう一週間もあんなでね。グウィルドが涸れるなんて、ここらにとっちゃ天地がひっくり返るようなもんだから、皆不安に思ってる」

宿屋の主人が言い、村人が暗い顔であとを継いだ。

「今年の大豆は全滅だ。飲み水があるうちはまだいいが……」

「さっきの御貴族様方が、宰相様に進言してくださるっておっしゃってただろう。信じるんだな」

「信じられっかよ」

「信じるしかないぞ。でなけりゃ、みんな干上がっちまう」

辛気くさい会話だったが、その中の一言にナギはちらりと村人を見た。ウィントも気がついたらしく、「御貴族様？」と口を挟む。

「そいつら、もしかして風の馬に乗ってる黒ずくめの集団か？」

「あ？」と、闖入《ちんにゅう》者に視線が集まった。村人たちが赤ら顔を見合わせる。

「ああ、そういや黒っぽい服着たやつが多かったな」

「中には普通の服着たやつもいたけどな」

「そん中に、銀髪に銀の目の男がいたか？」

「いたぜ。一番偉そうだったやつだろう」

「辛気くさいけど、ぞっとするくらいの色男だったぜ」

ひどい言われようだが、間違いないだろう。グウィンたちだ。

憮然とするナギに目配せし、笑いを噛み殺しながらウィントがたずねた。

「そいつら、いつ頃この村を通ったんだ？」

「さあな。午後だったのは確かだけどな」

「なんか、川をしつこく調べて、夕暮れ前には出てったぜ」

村人たちの返事に、ウィントが「クソ、タッチの差かよ」と舌打ちする。

「あんたの恋人殿下はとんでもねぇな。一昼夜寝ずに駆けてやがる。本当なら三日かかる道のりを半分で行く気だぜ」

褒められているのかけなされているのか。ナギは「追いつけますか？」とたずねた。

「追いつく。見てろ。明日の朝だ」

ウィントは言い切り、ジョッキについだワインをあおった。


翌朝、ナギたちはまだ暗いうちから宿を発った。

東の山の端が白んでいる。日の出はもう目の前だ。

次第に明らかになってくる眼下のようすに、ウィントは「ひでえもんだな」と低くうなった。

「これじゃ、大豆どころか、飲み水にも困るだろ」

本来緑に繁っているはずの大豆畑は、見るも無惨に枯れ果てていた。畑のふちの森や林も、木々が立ち枯れているところが目に留まる。山はまだ土の中に溜め込んだ雨水でもっているようだったが、肝心の川に水がないのだ。異様な光景だった。

平地が途切れ、山が次第に急峻《きゅうしゅん》になる。

「あの山のてっぺんが国境だ。クソ。間に合わなかった」

グウィンたちの姿はまだ見えない。「上がれ」と指示するウィントの声を受けて、風の竜がぐんぐんと高度を上げる。

パッと開けた山頂付近の平地に、黒い衣服の一団が見えた。

「ウィントさん！」

「ああ、恋人殿下だ」

よかったと思ったのもつかの間、ナギは彼らの姿に目を瞠った。ようすがおかしい。黒ずくめのグウィンたちと、数百人の兵士らが対峙《たいじ》している。「国境の警備兵たちだ」と、ウィントがささやいた。敵兵ではないということはわかったが、両者のあいだにただよう空気は剣呑《けんのん》で、とても安心できるものではなかった。

ウィントは、彼らに気づかれぬよう、彼らの上に影を落とすことを避けながら、風の竜を旋回させた。どういう仕組みか、風が彼らの声を拾ってくる。はるか上空にいながら、両者の言い争いが一言一句もれなくはっきりとナギの耳に届いた。

「今あんたの力を今使わないでどうすんだ！」

「ちょっと脅かしてやるだけでいいんだよ。死の精霊がいるとわかったら、あいつらなんか一発で黙らせられるだろう！」

ひどい言葉に息をのむ。眼下の彼らを見下ろした。警備兵たちが今にも嚙みつかんばかりにグウィンたちに詰め寄っている。

グウィンの臣下の一人が言った。

「待て。焦ることはない。五日待てば兵が追いつく」

「それが待てねえから言ってんだろ！」

「あと五日もこのままでいてみろ。援軍が来る前にオレたちの村は枯れ果てちまう！」

「だいたい援軍が来たところでどうだってんだ。せいぜい戦争が始まるだけだ。川に水は戻らねえ！」

「なあ、何も皆殺しにしろなんて言ってねぇよ、ちょっと脅すだけでいいんだ。そしたら、あっちも川に水を戻してくれるだろ」

ウィントが、「ばかなことを」と吐き捨てた。

「向こうの兵に手出ししてみろ。それこそ侵攻のいい口実だ」

報復を大義名分にして、本当にドゥイラインと戦争が始まってしまう。

ナギは怒りを抑えて彼らを見つめた。グウィンが兵たちの言いなりになるとは思わないが、だからといって何を言っても許されるわけではない。彼らはグウィンに「人を殺せ」と迫っているのだ。内容も言葉遣いも、王弟への敬意どころか、「白い死」への恐怖すらも忘れた態度は尋常ではなかった。

「警備兵は、ここらの村の男たちだからな。グウィルドの件も、ドゥイラインの動向も、やつらにとっては白い死に勝るとも劣らない、直面した死活問題なのさ」

眼下では、グウィンらと警備兵たちが一触即発にまで達している。抑えきれなくなってきた兵たちの罵声に、グウィン自らが口を開いた。低く、重く、よく響く声が喧噪《けんそう》をさえぎった。

「慎め」

たった一言だが、場が凍ったように静まりかえる。グウィンは威厳をもって、兵たちを睥睨《へいげい》した。

「死を私的に使うこと、死の恐怖によって人々を治めることは禁忌だ。ましてや死の力を頼りに他国に戦争をしかけることなど、絶対にあってはならない」

「なんでだよ、腰抜けめ……！」

「殺すったって、こんなことしてくる国のやつらだぜ」

「ちょっとくらいやり返してもいいじゃねえか」

グウィンは、叫んだ兵たちを一瞥《いちべつ》した。

「おまえたち、我を忘れているのか、多勢に無勢とたかをくくっているのか知らないが、わたしに殺されるかもしれないと思いながら、もう一度同じことを言えるのか？」

静かな口調だった。だからこそ、ぞっとするような迫力がある。兵たちも黙りこんだ。

グウィンは続けた。

「今おまえたちは恐怖しているだろう。だが黙っているのは恐怖のため、殺されたくないがためで、腹の底では、先ほどまで以上にわたしに対して怒り、憎んでいるはずだ。殺してやりたいと思っている者もいるかもしれない。それで当然だ。だが、同じことが国同士で起きたら、それは望ましいことと言えるのか？」

すさまじい自制と覚悟だった。音声として聞いているだけのナギですら圧倒される。ましてや、「白い死」本人を目の前にしている兵士たちの畏怖はいかほどか。

グウィンはわずかに声音を変えた。

「わたしには、オルレウィン王家の人間として国を守る責任がある。そして、守りたいと思う相手もいる。そのためにここへ来た。家族と農地を守ろうとしているおまえたちと変わらない。全力を尽くす。どうか力を貸してほしい」

三度言葉を切ったとき、彼に罵声を浴びせる者はもういなかった。

ウィントが軽く口笛を吹く。

「イカしてんなァ、恋人殿下」

「俺にはもったいない人です」と、ナギはほほ笑んだ。敬愛と誇らしさが胸にあふれ、泣いてしまいそうだった。

「ウィントさん、下ろしてください」

「はいよ」

風の竜が下降していく。巧みに竜をあやつって、ウィントは警備兵たちの上に影を落とした。

気づいた者がこちらを見上げる。

「何だあれは」

山の鋭い朝日を浴び、風の竜の透きとおる勇姿がいっそう美しく、力強くきらめいた。コオオと高く鳴いた声が、峻険な山々にこだまする。地上に動揺が広がった。

「竜……？」

「竜だ！」

「おい、人が乗ってるぞ！」

畏怖と驚嘆の声が飛び交う。

朝日に輝く透明な竜はめくるめくまばゆさだった。背に乗る二人の青と白の衣装も、その威容に花を添えている。風の竜は自ら見せつけるように、兵たちの頭上を大きくぐるりと旋回した。

この世界においても、竜は非常に稀少《きしょう》な動物だ。彼らは今まで竜を目にしたことがなかったのだろう、阿《あ》鼻叫喚《びきょうかん》に陥る警備兵たちに交じり、グウィンの狼狽《ろうばい》した声が聞こえた。

「ナギ……!?」

見下ろすと、ナギの最愛が目を皿のようにしてこちらを見上げている。

「グウィンさん！」

ナギは思わず手を振った。大神官たちが真心をこめた純白の長衣がひるがえる。

風の竜はグウィンの目の前まで下りていくと、ふわりと優雅に地に足を着けた。

「ナギ！」

「グウィンさん」

竜の背から飛び降りようとしたら、駆け寄ってきたグウィンに抱き下ろされてしまった。ナギとて成人男性の上背と重さはあるのだが、彼のたくましい腕はそれをものともしない。

「光の精霊かと思った」

睦言と共に、額と両頬にキスをされる。やさしく、甘く。その幸福にナギはほほ笑み、彼の頬にキスを返した。黙って置いていかれたことについて、恨み言のひとつでも言わなければ気がすまないと思っていたのに、こうして彼を目の前にしてしまうともうだめだ。生きてもう一度会えたこと、抱きしめられたことの喜びだけで、胸がいっぱいになってしまう。

そっと地面に下ろしてもらい、ナギは改めてグウィンに抱きついた。人目なんて気にならない。彼の黒衣からほのかに香るラベンダーバニラの香りに、こらえていた涙がこみ上げる。

思う存分抱きしめてから、ナギは地に片膝をついた。両手の甲を軽く地面につけ、頭を垂れる。オルレウィン式の最敬礼だ。彼の白い手をうやうやしくいただくと、指先に口づけた。

「ご無事でいてくださってうれしいです、グウィン殿下」

会いたかった。愛ゆえの行動だとわかっていても、置いていかれてかなしかった。彼に生きていてほしかったし、死ぬときは一緒だと言ってほしかった。

言いたいこと、伝えたいことは山ほどあった。けれども今ナギの心を満たし、溺れそうにさせているのは、ただただ彼への愛しさだけだ。面《おもて》を上げ、ひたむきに見つめるナギを、グウィンもまた見つめ返す。その視線ひとつで、ナギの心は大きくふるえ、満たされてしまうのだった。

「なぜこんなところまで……」

諫《いさ》める口調で言いかけて、グウィンは口をつぐんだ。

何より大切に思っている。危ないことなどさせたくない。ましてや、命のやりとりをするような場面からはもっとも遠ざけ、この世の醜い面など見せず、大事に大事にしまっておきたい——。

ナギに対するグウィンの気持ちは、さしずめそんなところだろうか。根本的にはナギが彼に抱く気持ちと同じだから、言われなくてもちゃんと伝わる。同様に、それでもそばに行きたくてしかたがな

かったナギの気持ちも、彼にはきっと伝わるだろう。

「申し訳ありません。追いかけてきてしまいました。微力ながら……微力というほどの力もないかもしれませんが、あなたのお役に立ちたくて……」

そこまで言って、言葉を切り、ナギは首を横に振った。

「本当は、ただ、あなたのそばにいたかっただけなんです」

「……ナギ……」

そう名前を呼んだきり、グウィンは黙り込んでしまった。かけるべき言葉が出てこないらしい。それはそうだ。断腸の思いでクフォイスに残してきたはずの恋人が、思いもかけない方法で追いかけてきたのである。グウィンの臣下たちも、ある者は目を輝かせ、ある者は畏怖の表情で、ナギとウィントと風の竜を見比べていた。

ナギはひざまずいていた姿勢から立ち上がり、国境警備兵たちに視線を向けた。

「突然お邪魔して申し訳ありません。お話は空からうかがいました」

兵たちが再びざわつく。彼らにしてみれば、見知らぬ男が竜に乗り、突然空から乱入してきたのだ。わけがわからなくて当然だろう。

混乱させて申し訳ないとは思うが、ナギは怒っていた。グウィンの立場を思えばこそ、怒鳴り散らしたりはしないが、本当はそうしても足らないくらい激怒していた。彼らとしては、故郷を、家族を、農地を守りたい一心だったのかもしれないが、彼らのグウィンへの侮辱と暴言は、ナギの許容範囲を超えていた。

「わたしは死の精霊への生け贄です」と、ナギは宣言した。

「ナギ……!?」

グウィンが悲鳴のような声をあげる。なぜ知っているのかという表情だ。穏やかな表情で放たれた物騒な言葉に、兵たちもぎょっとナギを見た。

衆目を集めた上で、ナギはおもむろに口を開いた。グウィンには申し訳ないけれど、どうしても黙ってはいられなかった。

「グウィン殿下は、やさしく、強く、聡明な御方です。現に、皆さんをとがめることもなさらない。わたしの命を捧げ、死の精霊の力を借りれば、あなたがた全員を殺めることもできるかもしれません。でも、絶対にそんなことはなさいません」

ナギはほほ笑んだ。華やかに、慈悲深く。

「そんなことをなさらずとも、殿下ならこの難局を乗り切ることができる。それを信じているからこそ、わたしは殿下を追いかけてきました」

気丈でいられたのはそこまでだった。「それでも」と、ナギの声がふるえた。これだけは、と、喉と舌を叱咤《しった》した。

「もし万が一、彼が本当に必要とするときがきたら、わたしはいつだって彼と、彼の精霊のために、この命を差し上げます」

兵たちに聞かせているようで、その実グウィンに聞いてほしい言葉でもあった。

死の精霊への究極の捧げものは、「愛する者の死」である——それを承知で愛している。

激情に押し上げられるようにしてあふれた涙をぬぐい、ナギは再度、兵たちを見回した。

「殿下はわたしをクフォイスに残してくださいました。わたしを利用させないためです。ですが、愚かなわたしは追いかけてきてしまった。これで、わたしを死の精霊に捧げることはいつでも可能です。もし万が一、それ以外に方法がなくなれば、殿下はそうしてあなた方を、この国を守ってくださいます。ですから今は殿下を信じて、皆さんのお力を貸していただけませんか」

兵たちは水を打ったように静まりかえった。

グウィンが黙ってナギの肩を抱き寄せる。たくましい腕が、ナギをなぐさめるようにやさしい。ナギもまた、彼の背を抱き返した。

グウィンが言った。

「改めて誓おう。国のため、皆のため、そしてここにいる、わたしが愛する者のために全力を尽くす。どうか力を貸してくれ」

兵の一人が、思わずといったように膝をついた。それを見た他の兵が、彼にならう。

膝をつく兵士が増えていった。

頭を垂れた彼らの上を、乾いた山風が吹き抜けていく。

国境の警備を兵たちにまかせ、ナギたちはグウィルドのようすを見にいくことになった。

一行には、水や土の精に親しい神官や、川の精の守護を受けている先王弟フルードも帯同している。この斥候隊の一番の目的は、敵情視察もさることながら、川に水を呼び戻し、ドゥイライン側の思惑を潰して、戦争にもちこませないことなのだった。

干上がったグウィルドの川底に下りる。元は清らかな水がしぶきをあげて流れていたというそこは、今や山々から流れ込む雨水がほんの一筋、土を湿らせているだけだった。川辺の草木は、すでに枯れて白茶けている。

「どうやら地の精が本来の川の流れと水脈をふさぎ、ねじ曲げているようなのです」

先に川へ赴き、調査していた地の神官が、苦々しげに言った。隣で水の神官もくやしげにうつむく。

「かすかに水の気配はあるのですが、厚い土の壁にさえぎられているようで……遠くにしか感じられません」

フルードが「ふむ」と顎髭を撫でた。

「彼らとわたしで、水を呼んでみようとは思うが、難しそうだな」

グウィンがうなった。

「『土の王』ダイアールの守護精霊は、やはり強力だということですか」

そこへ、風の竜に乗ったウィントが下りてくる。彼には、できるだけ高く飛んで、ドゥイライン側のようすを見てきてくれるよう頼んでいたのだった。

「ドゥイラインの兵はいましたか？」

ナギがたずねると、ウィントは相棒の背から下りながら、「いや」と首を横に振った。

「いるにはいるが、見えるのは通常の警備兵だけだな。もちろん、見えないところでこちらの出方をうかがっているやつらはいると考えたほうがいいだろうが、今日明日にも大軍が攻め込んでくるって感じじゃないぜ」

「そうですか」

ひとまず胸を撫で下ろす。挑発は続いているが、本格的な侵攻についてはまだ様子見の段階らしい。

隣でグウィンがうなずいた。

「オルレウィンは軍事国家ではないが、栄えているぶん兵力もある。周辺国との国交も盛んだ。理由もなく攻め込んで、国ごと孤立したら困るのは向こうだからな」

「だが、口実があれば、その日のうちにでも兵をまとめて攻め込んでくるとは思うぜ。先のアリアン王の件も、このグウィルドの件も、あきらかな挑発だ」

「戦争を回避するには、やはり川に水を呼び戻すしかないということですね」

ナギの言葉に、ウィントは「どうだろうなぁ」と肩をすくめた。

「そりゃ、土の王の力に真っ向から対抗するよか、水を呼ぶほうが簡単かもしれねえぜ。だが、水の精たちは今、デーのドゥーレ王に夢中だろ」

軽薄な口調で言う彼を、水の神官が横目に睨む。だが、言い返す言葉もなくため息をついた。

南国デーは大海に面し、国土の半分が水郷という水の国である。代々強力な水の精霊の守護を受けた王が治めているが、中でも当代のドゥーレ王は、「水の王」の名に恥じぬ精霊の寵愛を受けていることで有名だった。あまりにも水の精の愛が彼に偏りすぎているために、他ではちょっとやそっとのことでは水の奇跡は起きないと言われているくらいだ。

「まあ、言ってもしかたがない。やってみよう」

フルードが言い、神官たちが準備を整えた。

干上がって露出した川底の中で、もっとも水の気配の濃い場所に祭壇を作り、水の精の好む香草を焚《た》く。呼び水として、大神殿の地下から汲《く》み上げた聖水を撒《ま》き、まじないを唱える。フルード、水の神官共に精神の奥深く集中し、精霊たちとの交信を試みているのがわかった。

次第に、彼らの額に脂汗が浮いてくる。

先に音《ね》を上げたのは神官だった。次いで、フルードも「はっ……」と大きな息をつき、地面に伏す。

ナギには想像もつかないが、精霊との交信はよほど消耗するらしい。

重苦しい沈黙が場を包んだ。ウィントですら茶化すこともなく黙っている。

ナギは手布にミントのハーブウォーターを染み込ませたものを、彼らに差し出した。体を起こすこともできないで転がっているフルードの額の汗をぬぐう。「ああ……」と、彼がしみ入るような声で呻いた。

「ありがとう。気持ちいい」

「いえ、そんな……」

こんなことしかできない自分がなさけなかった。それぞれが自分の持ち場で全力を尽くしているというのに、「精霊の愛し子」などと大層な名で呼ばれても、所詮ナギには精霊たちの気配を感じることすらできないのだ。

呼び水に濡れた川底の土を撫でた。ほんのりと苔《こけ》の匂いがする。もし、本当に自分が「精霊の愛し子」なら、と考えた。

もし、本当に、あらゆる精霊に愛されるというのなら——水の精も、わずかでも自分を愛してくれているのなら、どうかここへ戻ってきてほしい。ゆがめられた流れではない、かつて自分たちで選んだ道を、きよらかに、すこやかに、流れてほしい——。

ドアをノックするように地面を叩き、「戻っておいで」と呟いた。特別なことは何もしていない。ただただ祈るような気持ちだった。


最初に異変に気づいたのは、水の神官だった。

地面に仰向けになり、空を見ていた彼が「雨だ」と呟く。彼の青い目に何が視えているのか、それまで晴れていた空はにわかにかき曇り、ほどなく雨が降り出した。

隣でフルードが跳ね起きた。信じられないものを見る顔で、ナギを凝視している。

「ナギ、それは……」

「え？」と、ナギは顔を上げた。

「なんですか？」

驚くナギの横で、水の神官もあわてて体を起こす。

「水が……水の精霊が……」

「え？」

戸惑うナギの足元で、じわりと土が湿った。

「呼んでやってください！」と、神官が叫んだ。

「水を、ここへ呼んでやってください！」

「水を……？」

そんな、呼べと言われても、どうやって？

呆然とし、はっと手を見る。

先ほどしたように川底の土に触れた。とんとんとノックし、ナギは呼んだ。

「おいで。ここだよ」

その瞬間、ナギの足下から水が噴き出した。

「！　……っ、ぶ……っ」

　あまりの水の勢いに、立ち上がることも難しい。ごうごうと噴き出す水は逆巻いて、ナギの体を飲み込もうとする。きよらかな山の水なのに、ふしぎと冷たく感じなかった。それどころか、ほんのりとあたたかく、勢いに反してやわらかくナギに触れる。

　ああ、と思った。精霊に愛されるということは、こういうことなのかもしれない。死の精霊にその死を――命と魂を望まれているように、水の精霊に愛されれば水に飲まれる。

　覚悟した。元よりグウィンに捧げるつもりだった命だ。自分一人が川の水に飲まれることでグウィンの愛するオルレウィンが助かるなら――。

「ナギ！」

　グウィンの声があたりに響いた。風の馬が全速力で駆けてくる。グウィンが馬上から身を乗り出し、ナギに向かって両手を広げた。

「グウィンさん……っ」

　すさまじい膂力《りょりょく》で攫《さら》うように、馬上へ抱き上げられる。水の壁を蹴《け》破るように、風の馬は駆け抜けた。

　水の来ないところまで走って振り返ると、ナギが座っていた場所はすでに水底だった。

「……」

　誰もが呆然と、高く吹き上がる水柱を見つめている。グウィンも、ナギも、言葉はない。

　水は川筋に沿って流れていく。

そのせせらぎが、やがて「川」と呼べるものになってきた頃、水辺に立っていたフルードが、上流を見つめ、呟いた。

「……川だ」

「え？」

「川が来る。もっと上へ……！」

一同はあわてて高いところへと駆け上がった。その足元を洗うように、どうどうと音を立てて大量の水が流れてくる。その流れは、ナギたちの目の前で湧き水と合流し、共にグウィルドの川筋を駆け下りていった。

「……これは……」

ナギは呆然と呟いた。何が起こったのかわからない。答えを求めて、神官らを見る。

二人の神官は、涙を流してナギを見ていた。

ナギの足元にひざまずき、それぞれ指先に口づけた。

8

コマドリの声が森の奥から響いている。誘われるように、ナギは目を開けた。美しく澄んだ鉦《かね》を打つようなさえずりが、ナギは好きだ。

カーテンの隙間から差し込む日は、すでに中天に近いようだった。けれども、部屋は薄暗い。昨日ようやく戻ってきたばかりの城主とその恋人に、誰もが配慮してくれているらしかった。ここ数ヶ月の出来事が、まるで夢のようにも思えてくる、静かで穏やかな一日の始まりである。

（ここまで、ずいぶん長かったなぁ）

ナギはまだ夢うつつで思い返した。

グウィルド川の水を呼び戻したナギたちは、英雄のように称《たた》えられてクフォイスへ戻った。

とくに水涸れが深刻だった地域での感謝と畏敬の念はすさまじく、ナギに至ってはまるで神の子のような扱いを受けた。死の王弟と、風の竜に乗って降り立った「精霊の愛し子」の噂は風の馬よりも速く走り、クフォイスまでの道には、一目ナギを見たいという人々が途切れることなく並んだ。

事件以前も、それ以後も、ドゥイラインから表だった沙汰はない。だが、今のところ、戦争の気配は遠のいていた。偉大なる「精霊の愛し子」の噂は、けわしい山脈を越えて彼の国にも伝わったのだろうと、フリン宰相は笑っていた。

大神殿は、ナギを「精霊の愛し子」として正式に招きたいと申し出た。宮廷にも、様々な思惑から、ナギを望む声は多かった。だが、ナギの答えは一貫していた。

――すべて、グウィン殿下の望まれるようにいたします。

そして、八月。二人は昨日ようやく長旅を終え、オイル公爵領の居城に戻ってきたのだった。

昨夜は、初めて彼の居城で共に過ごす夜をささやかに祝い、一緒に風呂を楽しんで、思う存分睦みあった。だが、ベッドに移動してからは記憶があいまいだ。背後にはグウィンのぬくもりがある。寝返りを打とうとして、ナギははっとした。かーっと顔に血が上り、耳といわず、首といわず、胸元まで赤くなる。体の中心に、昨夜と変わらぬ質量があるのを感じたからだった。まさか、したまま寝てしまったのだろうか。毎回最後には意識を失ってしまうナギとは違い、グウィンはいつも体と寝台を清めてくれていたのだが――。

ナギの背中をゆるやかに胸に抱き込んで、恋人は常からたくましい雄芯をナギの秘蕾に埋めたまま、やすらかな寝息をたてている。

声をかけて起こすのも気恥ずかしく、かといって、このままにしておくわけにもいかなくて、ナギは身じろいだ。昨夜愛されたばかりの中がはしたなく彼に甘えかかるのをこらえながら、腰を引こうとする。

だが、

「ナギ」

耳元で恋人の声が響き、やわらかくナギを抱き込んでいた腕に力がこもった。

「どうして離れていこうとする？」

甘くとがめながら、グウィンはナギの腰を引き戻す。何度もそそがれたぬかるみを深くかき混ぜられ、ナギは「ああっ」と高くあえいだ。

「だめ……、だめです。もう昼前です……っ」

「まだ昼前、の間違いだろう」

ナギのうなじに唇を押しつけて、グウィンがささやいた。

「だめです。初日からこんな……城の皆さんになんて言われるか……っ」

「『伴侶の君』と呼ばれるだけだ」

グウィンの答えに、ナギは一瞬抵抗を忘れた。

「は……？」

戸惑うナギに、恋人が喉の奥で笑う。

「この地方では、新婚の初夜は二日続く。その間、妻は夫のものを受け入れ続け、そそがれる愛をすべて受け止めなければならない」

「え？　え……？」

「ナギ。愛している」

熱烈にささやいて、グウィンは固さを取り戻した雄芯で、ナギの深いところを暴いた。昨夜さんざんに愛された最奥は、悦《よろこ》んで彼を受け入れる。

「アー——ッ」

あえかな声をあげ、ナギは背をそらした。

目の前に白い闇が見える。それは、低く、甘く、やさしい声で、ナギを深い官能のふちへと誘っていた。

「わかるか？　わたしの精霊も、おまえの小さな死を望んでいる」

彼もまた深い官能を味わっている。艶のある低い声音に、ナギは朦朧《もうろう》としながらうなずいた。

小さな死——官能の果ての絶頂で意識を失う一瞬は、時にそう呼ばれるのだそうだ。

「死を望む」ということは、すなわち「命を望む」ということ。「体と魂を望む」とも言い換えられる。そう言われると、激しい絶頂で体も心も輪郭を失うあの一瞬を死が好むのも納得できた。以前、グウィンが、交情の翌朝は死の精霊がすこぶる機嫌がよいのだと言っていた、あれもその「小さな死」のせいらしい。

喉奥で笑ったグウィンが、「少し妬《や》けるな」とささやいた。

「おまえのすべては、おまえのものだが、閨でのおまえはわたしのものにしておきたい」

差し上げます、と言いたかった。すでにすべて差し上げています。けれども、言葉は声にならない。

恋人のたくましい腰遣いに追い上げられ、ナギはほの白い光の中で、幾度目かの小さな死を迎えたのだった。

あとがき

このたびは拙作をお手にお取りくださいまして、誠にありがとうございます。

リンクスロマンス様にご依頼いただいて、再びファンタジーを書かせていただくことができました。

当初のご依頼は、「丁寧な生活を送っている癒し系受けと、その主人公に癒やされるハイスペック攻め」といった主旨でした。全体的に穏やかでやさしく癒し系のお話を……ということだったと思います。

が、『指輪物語』やら『ナルニア国物語』やらを、地図を描き、文字を書きつつ読んで育った身としては、ファンタジーと聞くとその頃の血が騒いでしかたなく、ましてやリンクスロマンス様というレーベルならば、がっつりファンタジーを書かなくては……！　という使命感にかられ……。結果、相思相愛溺愛カップルが主人公の王道ファンタジーという内容になりました。

今の情勢をかんがみると、当初のご依頼に素直に従っておいたほうがよかったのでは……とも思いますが、大好きな死神萌えを書けて、とても楽しかったです。

あとがき

そんな今作の世界観を、かわいらしく華やかなイラストで描き出してくださったのは、北沢《きたざわ》きょう先生です。現在進行形で漫画でもお世話になっているのに、拙作のイラストまでお引き受けいただいて、心より感謝申し上げます。

これを書いている今はまだラフを拝見しただけなのですが、おとなしくやさしげなナギくんも、大人の魅力たっぷりなグウィンさんも、イメージぴったりに描いていただいていて、とてもうれしいです。本当にありがとうございました。

プロットから脱稿まで、大変お世話になりました担当編集様はじめ幻冬舎《げんとうしゃ》コミックスの皆様にも深謝申し上げます。とくに担当様にはプロットから第二稿まで、本当に手厚く、やさしく（本当におやさしいんですよ）お導きくださって、ありがとうございました。

何かと不自由な中、本を刷ってくださった印刷所様、この本を読者の皆様に届けるためにご尽力くださった取次、流通、書店の皆様にも厚く御礼申し上げます。どなたが欠けても、この本は読者様のお手元に届きませんでした。いつにもまして実感しております。

そして最後に、いろいろと窮屈な自粛生活の中、拙作を皆様の楽しみに選んでくださった読者様。本当にありがとうございます。どうかこのお話が、ナギのハーブティーのように、皆様にとっての一滴の癒しになりますように。

令和二年五月吉日

夕《ゆ》映《え》月《つき》子《こ》

二人の王子は二度めぐり逢う

ふたりのおうじはにどめぐりあう

夕映月子

イラスト：壱也

本体価格870円+税

日本人ながら隔世遺伝で左右違う色の瞳を持つ十八歳の玲は、物心ついた頃から毎夜のように見る同じ夢に出てくる王子様のように綺麗な青年・アレックスに、まるで恋するように淡い想いを寄せ続けていた。そんな中、ただ一人きりの家族だった祖母を亡くした玲は、形見としてひとつの指輪を譲り受ける。その指輪をはめた瞬間、それまで断片的に見ていた夢が前世の記憶として、鮮明に玲の中に蘇ってきたのだった。記憶を元に、前世に縁があるカエルラという ヨーロッパの小国を訪れた玲は、記憶の中の彼と似た男性・アレクシオスと出会い……？

リンクスロマンス大好評発売中

溺愛パパのじれったい初恋

できあいぱぱのじれったいはつこい

名倉和希

イラスト：兼守美行

本体価格870円+税

族を亡くした孤独な少年・優輝は、ある日突
、遠縁の親戚だと名乗る泰成に引き取られる
とになった。若くして独立しホテル経営者と
て成功を収める泰成は他の親戚とは違い、厄
でしかないはずの優輝を優しく気遣ってくれ
、眩し過ぎるほど素敵な大人の男性だった。
は繋がらずとも、穏やかで幸せな家族の時間
泰成と過ごし五年、大学生になった優輝は、
成を“家族”以上に“好き”だと自覚してい
、誰にも伝えず、そっと想いを秘め続けよう
していたのだが——？【仕事は凄腕、恋には
惑な溺愛系ホテル社長】×【健気で一途な義
子】癒しの“幸せ家族計画”♡

竜王子の天翔ける花

りゅうおうじのあまかけるはな

戸田環紀

イラスト：小山田あみ

本体価格870円+税

天涯孤独のルカは、竜人族が住むケメルマイン王国という異世界に召喚される。第一王子あるヴィルヘルムが召喚に関わっているらしが、呼び寄せられた理由を一切教えてもらえルカは王宮内で不安な日々を送ることを余儀くされた。そんなある日、ヴィルヘルムの弟アーベルと出会う。五歳のアーベルはある事をきっかけに口がきけなくなっており、そん彼と交流を持つことで、ヴィルヘルムとの距離も縮まっていった。王国で居場所を見つけ、かの役に立てることに喜びを感じ始めていたカだが、その矢先、秘められた真の召喚の理を知ってしまい……？

リンクスロマンス大好評発売中

花嫁は神の庭で愛される

はなよめはかみのにわであいされる

一文字鈴

イラスト：古澤エノ

本体価格870円+税

青元神社に生まれた藤波由弦は、五歳の時、嵐の夜に土地の守り神である天狐の蓮に出会う。蓮は高貴で美しく、その出会いは幼い由弦の記憶に深く刻まれた。それから十六年、再び蓮と再会した由弦は、彼が棲む神の庭に招かれる。優しく慈愛に満ちた蓮の言動に日々心を躍らせる由弦だったが、ある日、蓮には忘れられない長年の想い人がいることを知る。その相手は土地神に嫁いだ人間で、なんと由弦に見目がそっくりらしい。自分は身代わりとして蓮に気にかけてもらえただけ…。その事実に由弦の胸は切なく震え、悲しみから神の庭を飛び出すが…？

LYNX ROMANCE

小説原稿募集

リンクスロマンスではオリジナル作品の原稿を随時募集いたします。

募集作品

リンクスロマンスの読者を対象にした商業誌未発表のオリジナル作品。
（商業誌未発表のオリジナル作品であれば、同人誌・サイト発表作も受付可）

募集要項

＜応募資格＞

年齢・性別・プロ・アマ問いません。

＜原稿枚数＞

４５文字×１７行（１枚）の縦書き原稿、２００枚以上２４０枚以内。
※印刷形式は自由。ただしＡ４用紙を使用のこと。
※手書き、感熱紙不可。
※原稿には必ずノンブル（通し番号）を入れてください。

＜応募上の注意＞

◆原稿の１枚目には、作品のタイトル、ペンネーム、住所、氏名、年齢、電話番号、メールアドレス、投稿（掲載）歴を添付してください。
◆２枚目には、作品のあらすじ（４００字～８００字程度）を添付してください。
◆未完の作品（続きものなど）、他誌との二重投稿作品は受付不可です。
◆原稿は返却いたしませんので、必要な方はコピー等の控えをお取りください。
◆１作品につき、ひとつの封筒でご応募ください。

＜採用のお知らせ＞

◆採用の場合のみ、原稿到着後６カ月以内に編集部よりご連絡いたします。
◆優れた作品は、リンクスロマンスより発行させていただきます。
原稿料は、当社既定の印税でのお支払いになります。
◆選考に関するお電話やメールでのお問い合わせはご遠慮ください。

宛先

〒151-0051
東京都渋谷区千駄ヶ谷４−９−７
株式会社　幻冬舎コミックス
「リンクスロマンス　小説原稿募集」係

この本を読んでの
ご意見・ご感想を
お寄せ下さい。

〒151-0051
東京都渋谷区千駄ヶ谷4-9-7
(株)幻冬舎コミックス　リンクス編集部
「夕《ゆ》映《え》月《つき》子《こ》先生」係／「北沢《きたざわ》きょう先生」係

リンクス ロマンス

王弟殿下の愛され薬師～ほころぶ花の癒しのレシピ～

2020年5月31日　第1刷発行

著者……………夕映月子《ゆえつきこ》
発行人…………石原正康
発行元…………株式会社　幻冬舎コミックス
〒151-0051　東京都渋谷区千駄ヶ谷4-9-7
TEL 03-5411-6431（編集）
発売元…………株式会社　幻冬舎
〒151-0051　東京都渋谷区千駄ヶ谷4-9-7
TEL 03-5411-6222（営業）
振替00120-8-767643
印刷・製本所…株式会社　光邦
検印廃止

ISBN978-4-344-84660-9 C0293
Printed in Japan

幻冬舎コミックスホームページ　https://www.gentosha-comics.net